魔豆

魔豆

神使劇場

愛的試煉地

醉琉璃——著

神使劇場——愛的試煉地

目錄

楔子

這是一間佔地相當廣大的會議室，和一般慣用的橢圓長桌不同，這裡是採階梯式的座位設計，一排排的桌椅整齊排列。粗看下來，大約能容納近百人在裡頭開會。

如果不是門外確實掛著「柒間會議室」這個金屬門牌，不知情的人見了，應該會將這裡錯認為補習班教室。

——雖然一般的補習班教室也不會將天花板和牆壁繪製上斑斕海底世界的圖案，甚至這些裝飾圖像太過栩栩如生，簡直就像下一秒會活過來似的。

而在這處廣闊的空間裡，現在僅待著一人。

或者用「霸佔」兩字更為適合。

在神使公會裡能如此大剌剌，又無視會議室正規用途的人物，也就只有一位了。

位於公會頂端，率領眾妖與神使的會長，真實身分是六尾妖狐的胡十炎。

此時，這名令群妖聞風喪膽的大妖怪，正以小男孩的外表恣意坐在階梯地板上，雙腿盤著，手上抓著不放的則是——

遊戲機手把。

以往用來投影說明資料的布幕，則是充滿絢麗的遊戲畫面。

穿著一身華麗紫洋裝、頭戴尖頂帽，手裡持握著蕾絲洋傘的美少女，在畫面外小男孩的操控下，動作顯得敏捷靈活。

只見魔法少女夢夢露俐落使出一串連續技，最後再引發大招——

「轟」的一聲。

從立體環繞音響裡傳出的爆烈聲響，幾乎讓人如臨其境。

頭頂一雙毛茸茸狐耳的胡十炎愉悅地彎起唇角，看著左下寫著「魔法少女莉莉蓮」的人物從彩色轉爲黑白。

打敗敵人了。

接著畫面又是一轉，進入了短暫的劇情模式。

黑髮的紫衣美少女態度恭敬，朝金髮的紅衣美少女鞠躬，感謝前輩的指教。

設定上是夢夢露前輩的莉莉蓮，露出高傲又讚揚的笑容，對話框裡跟著跑出了台詞。

「做得很好，夢夢露，不過別因此而驕傲。別以爲下次還能順利打敗我，這種成功下克上的機會，可不是那麼容易的。」

當兩名魔法少女對話完畢，畫面切換，跳出一個大大的提醒。

「恭喜玩家攻略《下克上》劇情，請問是否進入《上欺下》路線？」

黑髮金眸的小男孩沒有按「是」也沒有按「否」，他放下手把，若有所思地摸著下巴，似乎是被剛剛的劇情觸動了什麼。

「下克上、上欺下嗎……」胡十炎喃喃地說，一雙金色眼睛裡的光芒越來越亮，如同灼灼燃燒的火焰，將那張本就稚嫩無邪的臉蛋輝映得越發光采耀眼。

可倘若讓熟知他性子的人見了，只會瞬間心中警鈴大作，巴不得能把自己藏起來，最好別入了他的眼，免得遭受波及。

因爲胡十炎絕對——又是在打什麼主意了。

而這主意，肯定是令人——除了胡十炎自己以外——叫苦連天，大感頭疼。

可惜這時候的柒間會議室就只有胡十炎，以至於讓神使公會的其他人錯失了閃躲的最佳時機。

胡十炎自然不會在意晚些時候下屬們將會發出的連天哀號，他腦海裡的靈感越冒越多，最終成了一個偉大的計畫。

暫且擱下遊戲，胡十炎立刻掏出手機，撥打出一串熟記於心的號碼，置於膝蓋的另一隻手，則是慢條斯理地敲點著。

一下、兩下、三下。

當手指點按第四下之後，手機被人接通了，柔美年輕的女聲清晰地傳入胡十炎耳內。

胡十炎揚起笑容，慵懶恣意地說道：「對，是我……通知族裡的所有專者，晚上八點通通準時上線，本大爺有事要交代他們去做。務必好好地做才行，如果不準備出一個浩大的舞台，又怎麼能讓那些兔崽子長長見識呢？」

第一章

左眼跳財、右眼跳凶。

當雙眼眼皮一直猛跳的時候，惠先生只知道大事不妙了。

雖然不曉得將會發生什麼大事，但是男人的直覺素來是很準確的，更不用說惠先生以往總是靠著這點趨吉避凶。

手指無意識緊捏著筷子，在神使公會警衛部上班，自認生活單純，行動差不多是公會、家裡兩點一線的惠先生，怎麼想都不覺得家裡會發生不妙的事故。

按照慣例，太有可能是神使公會了。

是誰？

是誰要準備鬧騰了？

是太有個性的同事？

還是已經不能用「有個性」來形容、簡直就是活生生麻煩製造機的老大？

等等，最有可能的就是老大了。

惠先生眉頭一抽，乍然回想起昨天還是前天，胡十炎曾提過公會的大夥無聊太久了，也該辦個活動熱鬧熱鬧，最好再提供個獎品，讓大夥更能積極參與。

胡十炎還提了，地點可以考慮西山，那裡地方大，還能架起足夠的幻術結界，好掩護一大票妖怪的存在，避免被人類發現有異……

「老爹、老爹。」脆生生的呼喊倏地響起，一名留著及腰長直髮的少女伸手在惠先生眼前揮了揮，水靈動人的臉蛋上爬滿狐疑，像是不懂自己的父親怎麼吃早飯吃到一半，就盯著眼前的泡菜發起呆來，「你要吃就挾走啊，我又不會跟你搶。」

「啊？喔。」惠先生還未完全回過神來，只反射性照著女兒的話，挾了面前的泡菜便吃，然後一張臉霍地漲得通紅，「好辣！水水水！」

被猛然衝上的辛辣味道刺激到，惠先生這才記起，昨日老婆買回來的泡菜實在太辣，他嚐了一口就不肯再吃，但嗜辣的老婆也不管他，一大早就把滿滿一碗鮮紅泡菜擺上飯桌。如果不是一時分心，他也不會傻傻地吃下肚。

「水拿去。」惠先生的女兒塞了杯開水過去，「結果老爹你還是不敢吃嘛……那幹嘛一直盯？害我以為你想吃。」

惠先生忙著喝水，一時半會分不出心思回話。

好不容易緩過了勁，惠先生苦著臉，覺得自己說話時舌頭似乎還麻麻的，「我哪是想吃？我這不是發一下呆……小窈，妳再多觀察一下妳爹，肯定就能注意到差異的。」

「才不要。」大名是惠窈的長髮少女一臉嫌棄地吐吐舌，「我沒事幹嘛要注意一個中年男人啊？就算他是我老爹也不要。」

「妳妳妳……妳果然就像維安說的，進入了中二期對不對？」惠先生感到心口挨了一箭，痛心疾首地說，「當初那個說爹最帥的乖女兒到哪去了？老婆妳快過來，妳生的女兒居然這麼對她爹！」

「吵死了，我忙著追劇補進度。」從客廳裡傳來一道冷酷無情的女聲，即使對待自己的丈夫如冬雪寒冷，也沒減損絲毫聲音天生的悅耳。

惠先生欲哭無淚。

「好啦，別傷心了，老爹。」惠窈敷衍地揮揮手，「還有我這不叫中二期，頂多算是偶爾會跟家裡父母頂嘴的叛逆期而已。你如果想繼續盯著泡菜發呆就盯吧，我要先出門了，跟人約好了。」

「誰？」聽到關鍵字的惠先生猛地抬頭。在家裡他自是不會戴墨鏡，但一身黑西裝加上一雙詭異的黑眼白瞳，單是瞪著人，就足以讓人心底發怵。

不過惠窈當然不是那些人之一。

「跟隔壁家的明明。」水靈靈的美少女併起食指和中指，比了個帥氣的道別手勢，「掰啦，出門去。娘，我出門了！」

「嗯。」客廳裡跟著傳出淡淡的哼聲，充作回應。

「隔壁的明明……」惠先生一聽是鄰居家小孩的名字，頓時安心不少，起碼不用擔心女兒被哪個混小子拐跑了。可下一刹那，他便如被雷擊般彈跳起來，「等等！隔壁家的明明不是才八歲嗎!?我靠，小窈妳這是吃嫩草啊！」

「哎唷，八年後就沒那麼嫩了啦。」

惠窈變得模糊的聲音飄了進來，噎得惠先生張口結舌，最後只能一邊憂鬱地想著吾女叛逆傷透我心，一邊戴上墨鏡，和老婆交換了道別吻——老婆的雙眼仍緊盯著螢幕——邁著沉重的步伐上班去了。

假日的銀光街，人潮依舊絡繹不絕。

由於此處補習班林立，便有因應學生需求而逐漸聚集的小吃攤。長期下來，也成了另一道風景，讓銀光街除了「補習街」之外，還有一個「美食街」的稱號。

而戴著墨鏡，一身黑西裝，還在外邊搭上一件黑色長版大衣的惠先生，走在路上就格外引人注目。

有人下意識認爲他是黑社會人士，也有人被他散發的獨特氣勢吸引，忍不住暗自拿出手機偷拍。只是無論怎麼拍，最後呈現在螢幕上的都是失焦的畫面。

惠先生早就習慣他人的目光，依舊板著臉，大步流星地朝著上班地點——銀光大樓前進。

不是他不想開車，或利用其他辦法直接一步抵達神使公會，但是老婆大人發話了，爲免他體脂高、血壓高、膽固醇高，上下班就用走路來充當運動吧。

在家裡可謂食物鏈最底層的惠先生哪有反駁的餘地，只好認命地多多利用十一號公車了，也就是他的兩條腿。

說也奇怪，明明原本有那麼多人不住偷瞄著和銀光街格格不入的惠先生，然而隨著那抹漆黑身影踏進了某個地帶之後——

突然之間。

所有視線就像是失去了興趣，再也沒有目光在惠先生身上多做停留。

踏進神使公會領域的惠先生鬆了鬆繫在衣領處的領結，抬手和今日值班的警衛部成員打招呼。

可手剛抬到一半，便硬生生停下了這個動作。他狐疑地皺起眉，上上下下打量著那抹穿著筆挺制服的人影。

臉很熟悉。

是他們部門新進的小喬沒錯。

問題是……

「你今天不是休假嗎？」負責排班表的惠先生把所有人的出勤時間都記了下來，「怎麼又跑過來了？」

「是這樣沒錯啦。」小喬摸摸後腦勺，神情帶著新人的拘謹和一絲緊張，「本來該是杜前輩的班，不過他被人抓去做別的事了，然後老大剛好看到我……」

「等等，老大？」惠先生瞪大眼，「所以抓老杜去做事的也是他？」

「嗯啊。」小喬老實地點點頭。

「媽喔！居然是老大？這哪是抓人做事，根本是抓交替吧？算了，願老杜一路好走吧。」惠先生語重心長地說道：「看在同事一場，我會幫他接收他今年的年終的。」

「呃，部長……但是杜前輩還活著啊。」你這麼光明正大侵吞下屬的獎金好嗎？

還只是新人的小喬尚不清楚自己部門的人最喜歡互相嘴炮，還很認眞地苦惱該怎麼糾正上司顯然沒和他在同一頻道上的腦迴路。

「對了，你還沒說你怎麼忽然跑來上班了？」惠先生沒忘記最初的疑惑。

「其實不只是我，今天休假的其他人好像都被叫來了。」小喬這句話讓惠先生原本要踏入大門的腳步猛地停下。

惠先生又感覺到他的兩邊眼皮都在狂跳了，一種難以言喻的不祥念頭竄了上來。

「叫你們來的人……」惠先生嚥嚥口水，「該不會也是老大吧？」

「對啊。部長，你忘記了嗎？」小喬像竹筒倒豆子般，一點也沒隱瞞地說道：

「老大之前不是提過，他打算在今天舉辦個活動什麼的，那時候是沒規定全部人都要參加……不過老大可能又改變主意，所以才會連我們這些休假的也通通被叫回來。」

不，他沒有忘記，他只是想逃避現實，裝作沒這回事。惠先生摀著心口，一時間想拔腿往後衝。

居然連休假的人都特地叫回來……

這不可能僅僅是普通的活動。

老大鐵定要搞出專門給別人帶來麻煩的大事了！

看著猶然不曉得公會老大真面目，還傻傻對人抱持著崇敬之情的小喬，惠先生長長嘆了一口氣。

年輕人傻傻的，還有得學啊。

腦袋這樣想著，惠先生的動作也沒停，眼看就要成功脫離神使公會的領域，可說時遲、那時快，無數團黑影子拔地而起，有如高聳城牆般環繞在大樓周遭。

乍看下，影子像是由大量小蟲匯集成的黑潮，然而再定睛一瞧，就會發現原來是許許多多黑色的小字。

惠先生起先還以為是自己眼花。他摘下墨鏡，瞪大眼湊近一看，登時目瞪口呆。目瞪口呆的還有一旁的小喬，他同時也像時下年輕人一樣，反射性便掏出手機對著面前的「奇景」拍照。

就是那「咔嚓」的聲響讓惠先生回過神來。他顫顫地戴回墨鏡，覺得他們公會裡的那位小呑渦快要走火入魔了。

沒錯，能輕易張開大規模結界的，除了擅長操控空間的胡里梨，根本不做他人想。

而且那些密密麻麻的黑色小字，亦是最好的證據。

堯天、堯天、堯天、堯天、堯天。

就算胡里梨再如何熱愛那位模特兒，追星也不是這種表現法吧！

「部長，天堯……是有什麼特別含意嗎？」小喬眼含敬畏地望著那一大片字牆。

「不是天堯，是堯天。」惠先生替剛來不久的新人做個流行教學，「那是里梨最喜歡的男模特兒，只要是他上封面的雜誌，里梨都會買回家。雖然堯天其實是……」

惠先生把剩下的話吞了回去。

堯天的眞實身分其實是西山妖狐的副族長，左柚——重點是性別女——這在公會裡是只有少數人才知道，更是絕口不能在胡里梨面前提到的祕密。

惠先生決定等小喬年資超過二十年，從超級菜鳥變成菜鳥後，再考慮是否告訴他。

拍拍正振筆疾書、寫著筆記的小喬，惠先生放棄偷溜的念頭，扶好墨鏡，義無反顧地邁開大步。

眞男人，就是要勇於面對即將來自上司的折磨！

一進入公會大廳，惠先生就充分明白小喬說的「凡是休假的人都被叫回來了」——裡頭根本就像個人快滿出來的菜市場！

放眼望去，盡是黑壓壓的人頭。

好吧，有些不是人，耳邊則是嗡嗡嗡的聲響。

太多人在說話，以至於聽不清話中內容是什麼，只令人覺得像是有大量蜜蜂正不斷拍振翅膀。

如果不是大廳空間突然擴大，惠先生實在寸步難行。

「安靜、安靜！」稚氣嘹亮的童聲驀地傳出。明明僅是一人的聲音，卻像來自四面八方，「老大待會就要現身了，請大家有秩序點，拿出成熟大人該有的風範！不然里梨我就會讓人體會一下里梨牌的高空彈跳喔！」

嗡嗡聲瞬時平息，緊接著是更細微的竊竊私語。

眾人交頭接耳，沒有人知道他們最頂頭的上司究竟葫蘆裡賣什麼藥。

惠先生眼尖地看到角落有一綹屹立不搖的鬈翹髮絲，連忙靠了過去。

「維安！」惠先生一掌拍上身前人的肩膀，對方像是嚇一跳般回過頭，容易讓人誤認爲是國中生的娃娃臉上寫著受驚，一雙大眼睛瞪得更圓了。

「惠先生……你是想嚇死我嗎？」柯維安一見是警衛部部長，反射性繃住的雙肩立刻放鬆下來。他拍拍胸口，再摸摸自己的頭，覺得頭頂上總是翹得特別有精神的那撮頭髮似乎都被嚇得發直了，「哎？你今天比較早耶，小窈沒陪你吃早餐？」

「沒錯，那丫頭竟然丟下她老爹，跑去和人約會了！」惠先生一提到自己的女兒就痛心疾首。

「和隔壁家的明明？」

「對，就是和……慢著，你爲什麼知道得那麼清楚？」惠先生立即摘下墨鏡，目光如炬地緊盯著柯維安。

「因爲范相思的特務鴉七七就在你家外面築巢，所以惠先生你們家的一舉一動……唔啊啊，其實我只是隨口唬爛的！」眼見那對蒼白的瞳孔裡像是燃起了熊熊大火，甚至就連惠先生手上也平空燃起一團漆黑的火焰，柯維安忙不迭雙手擋著臉，「其實是你家小窈打電話問我攻略啦！」

「問你攻略？」惠先生手上的火焰倏然靜止，不再躍動。

「對啊，眾所皆知我是小天使萬萬歲教的創辦人嘛。」柯維安鬆口氣，放下手。一提到自己的熱愛，忍不住又抬頭挺胸，保有青稚的討喜娃娃臉上滿是自豪，「要說對小天使們的了解，我敢保證公會裡我說第二，沒人敢說第一。」

這種變態度，也沒人想跟你爭第一吧？惠先生嫌棄地在心裡吐槽，不過手上的黑焰已完全消失。

柯維安一看就知道這表示自己的人身安全不用擔心了，更加興致高昂地爲惠先生解釋起來龍去脈，「所以啊，小窈打電話問我，和你們隔壁家的明明約會時該做些什麼事才好？」

「當然是什麼也不能做！」要不是顧忌著過高的音量會被胡里梨關注，惠先生早就控制不住地跳腳大叫了，「人家明明才八歲！」

「我知道啊。」柯維安奇怪地瞄了惠先生一眼，「不然我幹嘛叫小窈帶明明去遊樂園玩？」

惠先生噎了一下。

「嘖嘖，你在想什麼啊，惠先生？」柯維安咂舌，朝惠先生搖搖食指，「像我如此正直、純良、品性高潔的人，又怎會教壞小窈？」

「好吧，不會教壞小窈我勉強信了，至於前面的那段自我吹捧……」惠先生戴回墨鏡，「要是按照副會長最常說的，就是……」

「維安醒醒，大白天的，不要作夢了呢。」溫和悅耳的男中音冷不防在惠先生和柯維安兩人身後冒出。

「媽啊！出現了！」

「副副副會長!?」

相較於柯維安一副見鬼的驚恐模樣，惠先生的反應稍微鎮靜一些，頂多是尾音分岔走調。

「早上好，維安、惠先生。」戴著細框眼鏡，全身上下散發出文質彬彬氣息，一旦瞇眼微笑的時候更是讓人如沐春風的俊秀男子，笑咪咪地向兩人打招呼。

熟悉的聲音、熟悉的臉孔，還有那身熟悉的格紋襯衫打扮……唯一不太熟悉的，就是身高體型。

神使公會的副會長如今只有一尊人偶高，爲了方便行動，還找了綿羊玩偶當坐騎。

這畫面不論看幾次，柯維安還是覺得不習慣。

嬌小可愛的模樣，看起來都不太像原本衣冠禽獸的狐狸眼了。

「喔？衣冠禽獸是指誰呢？」安萬里的笑容還是特別溫柔。

柯維安身子猛一哆嗦，這才驚覺自己不小心洩露眞心話了。他趕緊拚命搖著手，試圖挽回局面，否則心眼比針眼還小的副會長大人，就會徹底讓他體會何謂衣冠禽獸了。

「不不不，肯定不是在說你啊，副會長！我對你的崇敬之情有如滔滔江水，綿延不絕，絕對比天高、比海深。」柯維安大眼睛眨呀眨的，不忘擺出最眞誠的表情，「我說的衣冠禽獸是指……」

柯維安胡亂瞄了四周一圈，碰巧撞見一抹穿著鐵灰色西裝的高挺身影，那雙被西裝褲包裹的大長腿看得他眼紅萬分。

比他高的傢伙，都是萬惡的敵人！

「就是指他！」柯維安隨口就將罪名安在那個不明人士身上。依他的想法，這距離對方根本不可能聽見他的話。

可萬萬沒想到，柯維安話聲方落，被他指著的人影還真的回過頭來了。

那人身姿挺拔，五官輪廓則給人一種過分凌厲的感覺，彷彿只要近一點就會被刺傷。灰色的髮絲往後梳，紮綁成公主頭樣式，露出光潔的額頭和那雙完全沒被遮覆住的淡灰雙眼。

柯維安第一眼只覺得這人莫名地熟悉，第二眼便忍不住緊盯住對方的灰眼睛不放。

倘若是尋常的灰色眼睛，柯維安大概不會多花時間注視，畢竟那男人又不是軟萌可愛的小天使，他多看都覺得浪費時間。

可是……

那雙灰眼睛的虹膜是白的。

包括眼睫毛也是白的。

全神使公會裡，只有一人……不，只有一名妖怪擁有這樣特異的眼睛！

柯維安倒抽一口冷氣，來不及收回的手指開始發顫，「該該該該不會……」

「就是那個該不會。」望著被柯維安指名爲「衣冠禽獸」的灰髮男子，忽地邁步往他們幾人所在的角落走來，安萬里愉快地說著，「順帶一提，灰幻今天心情很差。他特地將外表年齡拉高，就是爲了帶范相思去適合成年人的地方約會，可惜計畫還沒實行，就被十炎強制召回了。」

柯維安挺想問，適合成年人約會的究竟是什麼地方？總覺得帶點限制級意味，應該不是他的錯覺吧？但他再怎樣大膽，也不敢在老虎嘴邊拔毛。

尤其那頭老虎正步步逼近、面色陰沉，特援部部長的臉上只差沒大大寫著「不爽」兩個字。

就在柯維安感到自己快要小命休矣，反射性想喊出「打人求別打臉」的那一刻，大廳裡的燈光無預警全數暗下，就連門窗也被「啪啪啪」地飛快關上。

大片黑暗籠罩下來，讓人不見五指。

第二章

突然降臨的黑暗令公會眾人皆感錯愕，可還未等他們做出任何照明，漆黑的空間裡霍地出現了一束燈光。

然後是第二束、第三束。

粗大的光柱來自不同方向，最後全交匯在同一位置。

而那裡，不知何時浮立著一抹矮小的人影。

頭頂毛茸茸的三角狀狐耳，臀後拖著一條同樣毛茸茸的漆黑狐狸尾巴，外貌是稚氣小男孩，可心智和「天眞無邪」有著天與地般差距的神使公會會長，赫然出現在眾人眼前。

胡十炎像是很滿意大夥投注在自己身上的目光，他再一彈指，身後立刻浮現一張裝飾華麗的座椅。

「做得很好，甲乙、丙丁、庚辛。」閒適地坐進椅內後，胡十炎朝半空一揮手。

「喵，爲老大服務！」三道童稚的喊聲同時疊合在一起，若不細聽，幾乎以爲只有一人在說話。

所有人下意識循聲轉過頭，這才發現光束源頭的三盞探照燈旁，各站著一名男童。相貌宛如同一模子印出來的貓妖三兄弟朝胡十炎抬手敬禮，小臉蛋因被誇讚而滿是掩不住的喜悅，尾巴還熱切地搖了搖。

……不愧是老大的腦殘粉。這麼想著的公會眾人又默默轉過頭，繼續盯著不知要搞什麼大事的六尾妖狐。

柯維安早就趁機跳到旁邊去，和灰幻拉出安全距離。爲免對方不死心地還想給自己一記暴擊，他不忘迅速掏出手機，翻出了有范相思入鏡的照片，也不在意自己此時的動作有如把手機當驅邪符般高高舉著。

灰幻進逼的步伐果然停下，仍是那張陰沉沉的臉，可扔出來的句子讓柯維安立時明白警報解除了。

「把其他人P掉後，照片傳給我。」

「放心、放心，一定包君滿意。」柯維安拍胸脯保證。

這邊特援部部長和情報部報長的徒弟剛做完私人交易，另一邊胡十炎已從忽然現身的胡里梨手中，接過了一支金燦燦的麥克風。

「爲什麼老大還要特地拿麥克風啊？」有人納悶地問。

「還用說嗎？絕對是因爲老大覺得這樣帥！」有人不假思索地回答。

不管底下的人怎麼討論，覺得自己的確超帥的六尾妖狐將背往後靠，蹺起腳，慢悠悠地揭曉他今日將眾人召至公會的目的。

「好啦，小兔崽子們，還有一個唯一超齡的老妖怪，現在通通看過來。本大爺在此宣布——神使公會第九屆夢夢露超級可愛之絕境求生特別試煉，即將開始！」

拉長的稚嫩童音一落下，所有人瞬間鴉雀無聲，一雙雙眼睛震驚無比地看著高坐在椅內的胡十炎。

而這份死寂只維持了幾秒鐘。

下一刹那，大廳內就像猛然炸開了鍋，不敢置信的叫嚷此起彼落地響起。

「我在作夢嗎？第九屆？一到八屆是什麼時候辦的？爲啥我一點印象也沒有！」

「哪來的第九屆啊！根本連一屆都沒舉辦過好嗎！」

「啊啊啊我就知道！我就知道突然被老大叫回來鐵定沒好事！」

「絕境求生……這種事我們在公會裡不是天天幹嗎？」

「沒錯沒錯，所以完全不須多此一舉地辦這什麼鬼活動嘛！不能辦點親民的、不費力的、普遍大眾能接受的普通活動嗎？」

「而且這跟夢夢露到底有什麼關係？」

「老大、老大，你冷靜……不要想不開然後就折磨我們啊！」

「絕境求生特別試煉……」惠先生喃喃唸著這串聽起來便散發著濃濃不祥的字眼，「怪不得我今天兩眼眼皮一直跳……安萬里，老大究竟想做什麼？」

「很遺憾，這次我也不清楚。」身爲全場唯一有資格被胡十炎冠上「超齡老妖怪」的安萬里攤攤雙手，「我只知道這幾天，十炎和紅綃的部門似乎在準備……嗯，什麼。」

一聽到「紅綃」兩字，不只惠先生，凡是離他們這角落近一點的人，都不禁頭皮發麻。

紅綃是開發部部長。

而這部門同時還可以唸作，「神經病」。

惠先生吸了口氣，和紅綃同事多年，他豈不了解對方的作風，連忙將目光投向柯維安。

「別看我、別看我。」柯維安火速搖著頭，「我只是師父的小小徒弟，又不像師父那樣無所不知。惠先生，你問我還不如問灰幻。」

「我不知道。」不待惠先生開口，灰幻眉頭便皺了起來，「不過范相思應該知道，她沒出現在這裡。」

扣除掉總是隨心所欲的張亞紫，以及明顯另有任務的紅綃，安萬里、惠先生，加上灰幻都在公會大廳了，沒道理身爲執行部部長的范相思能缺席。

從另一個方面想，范相思缺席的原因恐怕和紅綃一樣。

「老大、紅綃加上范相思……這組合聽起來就是大凶。」柯維安苦著一張娃娃臉，恨不得自己也能擁有像胡里梨那樣的空間能力，就能第一時間腳底抹油溜了。

抱持著類似想法的不只柯維安一人。

太了解胡十炎和兩大部長手段的其餘人或苦著臉，或臉色發青，或額冒冷汗，腳下更是蠢蠢欲動。

只不過在眞的有人採取脫逃行動之前，一片沸沸揚揚的喧嚷聲中，胡十炎舉起了食指置於唇邊。

「噓。」

單憑這個字，就讓全場像被某種無形的力量懾住。

比起先前在胡里梨的威嚇下，仍舊止不住眾人的交頭接耳，這次大廳內是眞的陷入一片針落可聞的寂靜。

無數雙眼睛瞬也不瞬地望著高空處，他們唯一的領導者。

「一，大爺我覺得『九』這數字吉利。」胡十炎握著麥克風，屬於孩童清亮無雜質的嗓音迴盪在公會裡，「二，因爲我高興。」

起先眾人對胡十炎說的內容還摸不著頭緒，直到聽見安萬里飄出的一句話。

「十炎在回答你們的問題。」

這下子，眾人才恍然大悟。

一到八屆是什麼時候辦的？大爺我覺得「九」這數字吉利。

而且這跟夢夢露到底有什麼關係？因爲我高興。

然而就算知道了答案，也沒有讓眾人的表情變得比較好看。反而個個一副愁大苦深的模樣。

這不是表明了老大果然非玩死他們不可的決心嗎！

事實證明，他們的猜想無誤。

接下來就聽見胡十炎繼續懶洋洋地宣布：

「三，在公會年資滿十年以上的一律強制參加，沒滿的自由選擇，除了開發部，畢竟你們不想沒醫療團隊吧？」

「四，試煉地點在西山。」

下方無數雙眼睛頓時瞪得又圓又大。

「不是吧？眞的選西山啊？我還以爲老大你之前只是說說！」柯維安按捺不住，吐出大部分人的共同心聲後，趕忙點開手機的LINE，打算請沒被叫來的一刻問問西山副族長左柚，看能不能探聽到什麼內幕消息。

如果由他直接問，很可能探聽不到什麼。

但換作左柚最重要家人的一刻出馬，結果肯定不一樣。

「喔，我果然是天才。」柯維安心中的小算盤打得劈啪響，手上也沒停下，指頭飛快地戳戳戳。

胡十炎無視底下的騷動，將最後一項說明公布出來。

「五，最短時間內闖關成功的人，以及擊倒最多對手的人，可以向我提出一個要求，任何要求都可以。舉例來說，把一個月份的工作量全部推給安萬里，大爺我二話不說就答應你，還能幫忙加碼提高至三個月。」

瞬間受到注目的安萬里仍是心平氣和地微笑，鏡片後的眼眸笑得彎彎的，說有多親切就有多親切。

只是對上他視線的人，莫不是打個哆嗦，飛也似地把頭扭了回去。

副會長變小歸變小，可身旁沖天的黑氣絲毫沒有減少啊！

「我我我，老大我有問題要問！」將訊息發送出去，沒錯過胡十炎發言的柯維安使勁踮高腳尖，舉直手臂，力求在茫茫人海中讓胡十炎看到他的存在。

「問。」胡十炎施施然地說。

「假如我贏的話，讓全公會的人都變小孩子也可以嗎？」柯維安只是好奇，並不認為胡十炎眞的會答應這個要求。

但是，胡十炎點頭了。

似乎要強調自己的保證，他還特地將麥克風舉至嘴邊，「當然可以，只要你贏的話。」

胡十炎的唇角還帶著笑，語氣也是一貫的漫不經心，但吐出的句子對所有人來說，無疑像巨石落進池面，砸出激烈波濤。

大夥不禁齊齊倒抽一口冷氣，不敢相信這種喪心病狂的要求，胡十炎居然眞的應允了。

全體人員變成小孩子？

這還叫什麼神使公會？叫神使幼兒園還差不多吧！

乍聽到胡十炎的回應，柯維安第一時間也懵了，宛如天上砸下餡餅，砸得他頭暈眼花。

可下一秒，柯維安便回過神來，整個人激動得臉都紅了，連雀斑也好似染上淡淡的粉紅色，一雙大眼睛裡更像閃耀大把大把的星星。

「我我我！」柯維安興奮難耐地蹦跳起來，揮舞著手臂，「老大我要報名，讓我報名，求讓我報啊！」

熱切萬分的請求最後甚至拔高成一聲高分貝的叫喊，震得人耳朵一疼，連帶地也震回眾人本來傻愣的神智。

緊接著，大廳裡被瞬間掀起的舉手報名浪潮給淹沒。

「我也要，老大我也要報名！」

「別漏掉我，拜託了！說什麼都要阻止柯維安那小子的野心啊！」

「絕對不能被變成小孩子，要也是看其他人變成豐胸長腿細腰的美人好嗎？」

「拒絕熟女，要清純的美少女！」

「胡說，當然是美男子和美少年好啊！雖然我也知道這對我們公會的男性來說太為難了。」

「喂，那邊特援部的說那什麼話？沒聽過男人四十一朵花嗎？」

「噗，大王花嗎？」

「呵呵，明明是鐵樹不開花。」

在越來越多人暴露出眞心話的情況下，也有不少人唇槍舌劍地和同事展開辯論，試圖要對方和自己站在同一邊。

「好吵啊。」胡里梨噘著嘴，用食指堵住耳朵，「老大，公會要變菜市場了。」

「小鬼們有活力是好事啊，表示晚點在西山就更能被人折騰了。」胡十炎露出天眞的笑容，說著和天眞相差十萬八千里的句子。

倏地，在這鬧哄哄的大廳當中，有道平穩的聲音格外突出地進入所有人耳裡。音量不算大，可卻清晰地壓過那些七嘴八舌的爭論。

「十炎，我也有個問題想問。」不知何時，一隻咩咩君飄浮在空中，坐在它頭頂上的安萬里不疾不徐地溫和說著，「假如是我贏了的話，我可以要求毆打我的直屬上司嗎？」

這話一出口，前一秒還嚷嚷不休的眾人瞬間像被按下了靜音鍵，個個屏息以待，等著胡十炎的回答。

身居副會長位子的安萬里只有一個直屬上司，正是此刻坐在華麗椅子裡的那一位六尾妖狐。

面對毫不掩飾的以下犯上話語，胡十炎頂多挑挑眉毛。

「行啊。」

甚至連回答都相當爽快。

就在眾人難以置信自己聽到了什麼之際，胡十炎慢悠悠地又說了。

「不過基於本大爺是活動發起人，而不是像你們一樣的實驗品……噢，不小心說錯了，是參加者，所以如果想和我單挑，得先回答我一百道和夢夢露相關的問題，才有那資格。」

正當還有人想著「不怕，我們有GOOGLE大神」時，胡十炎揚起一張可愛的笑臉，不客氣地打碎他們的希望。

「爲了證明我是個貼心英明的好上司，我就順便先告訴你們其中一題吧。『夢夢露特別篇一』裡面，夢夢露的好朋友塔塔可換了幾雙鞋子？鞋子的款式是怎樣的？請一一說明。別擔心，另外的九十九題也會是這種類型的。」

沒有半點猶豫，包含最先提問的安萬里在內，全體成員非常果斷地選擇了放棄。

……還是先想想怎麼扛過那個絕境求生的特別試煉比較實際。

雖說胡十炎的話素來就是公會裡的規則，但直到這時候，仍然有人不死心地想要力挽狂瀾。

「老大，我要抗議！」那個人就是惠先生，「你那個試煉對我們警衛部來說太高難度，好歹敬老尊賢一下，不要爲難我們啊！」

還未等胡十炎開口，警衛部的人率先不滿發難了。

「誰老啊？部長你才是我們部裡最老的那個吧？」

「沒事幹嘛開地圖炮？老惠你簡直不要臉！」

「之前還說自己是年輕人……嘖嘖，老惠你這麼快就沒擋頭了嗎？」

一向以和上司對嗆爲己任的警衛部成員，立即紛紛向惠先生開砲。

就算絕境求生聽起來的確很嚇人，但惠先生這麼一說，不就顯得他們部都是弱雞嗎？

開什麼玩笑，他們可是負責全公會防衛體系的警衛部！

受到下屬圍攻的惠先生也不甘示弱，長大衣脫下，袖子挽起，毫不退縮地就要對嗆回去。

眼見一場屬於警衛部的內鬥就要展開，制止這一切的，是從上方輕飄飄落下的一句話。

「抗議無效哪，惠先生。」胡十炎蹺著腳，好整以暇地俯視下方，「在這裡，本大爺就是規矩。」

「說得好！」

一道清脆童聲驟然橫入，像是一道撕裂夜空再落下的閃電，讓人猝不及防，霸氣無比。

「妾身就是欣賞這樣的氣魄！」

驟然聽到這道讓人大感陌生的童稚嗓音，聚集在大廳的公會成員們不禁心生驚愕。

那並非胡里梨的甜軟，也不是貓妖三兄弟的青嫩。

應該說，那道聲音裡透出的霸道，簡直令他們反射性想到一個人。

無數雙眼睛先是「唰」地轉向了擺著大爺姿態、蹺腳坐在椅內的胡十炎，旋即再猛地轉向。

「咿咿咿！不會吧？不是吧？」柯維安反應激烈，他急促喘著氣，手指不自覺揪著衣領，臉頰上浮現不尋常的紅暈。

惠先生察覺到柯維安的不對勁，不禁憂心忡忡地問，「維安你是怎麼了？臉好紅啊，你是生病嗎？」

離柯維安較近的灰幻冷漠地投來一眼，「思春了。」

「呸呸呸！誰思春？太沒禮貌了！」感覺滿腔激情洶湧翻騰的柯維安沒漏聽灰幻的諷刺，忙不迭地回嘴，不忘擺出義正辭嚴的態度，「你不懂，灰幻。我這是心緒澎湃，一聽到那悅耳迷人的聲音，簡直讓我覺得受到聖光籠罩！」

「維安沒救了，火化吧。」這是安萬里笑吟吟的結論。

就算身邊同伴兼上司如此無情無義，柯維安也決定大度地忽視他們，他現在一顆心全放在那道如銀鈴悅耳的稚嫩嗓音上。

柯維安與其他人一樣，拚命仰著頭、睜大眼，極力想看清楚瞬間便入侵至神使公會內部的龐然黑影。

從柯維安的位置來看，正巧可以將上方景象全部看得一清二楚。

空中此刻停佇著一隻巨大飛鳥，展開的雙翅幾乎能碰到兩側牆壁，其頭頸、胸背，以及長長的尾羽都是漆黑的，隱隱閃動著金屬似的光澤，其餘部位則是雪白的色澤。

對鳥類有研究的一名公會成員忍不住吃驚地嚷，「好大的喜鵲！繁星市存在著這麼大的鳥妖嗎？」

其他人不是沒聽見他的驚呼，然而他們所有注意力都放在了那隻飛鳥身上的——

黑髮小女孩。

飛鳥的頭頂上，赫然佇立著一抹擁有出塵五官的嬌小人影。一頭鴉羽般、泛著豐沛光澤的過腰長髮，身上穿的粉色滾邊小洋裝更是襯脫出她與身俱來的貴氣與傲然。

那同時也是剛才說話聲音的來源。

彷彿一點也不在意他人注目的視線，黑髮小女孩雙手扠腰，潔白的小臉蛋揚著傲氣的笑容。明明外表年紀幼小，舉手投足間卻散發著渾然天成的強大氣勢。

就像是高高在上的王族。

有的人還在困惑突然現身的小女孩的身分，有的人卻已認出來者究竟是誰，抽氣聲頓時此起彼落地傳出，形成一陣不小的浪潮。

「不是吧……」惠先生愣然地摘下墨鏡，想確定眼前所見是不是錯覺。

「噢……這還眞是出人意料呢。」安萬里摸著下巴，「居然連那位大人都來了。」

「怎麼回事？爲什麼里梨我完全沒發現有人闖入？」胡里梨急得蹦跳起來，紫晶色的眸子瞪得又圓又大。她抓緊袖襬，小臉隨即繃起，似乎只要胡十炎一聲令下，就會衝出去將不請自來的客人驅逐出境。

沒想到胡十炎抬手阻止了她。

向來懶散傲慢的六尾妖狐甚至從座位上站起，朝空中那名小女孩行了一個禮。

「老大!?」胡里梨吃驚極了，但接下來聽見的話語，則讓她呆立當場。

「好久不見了呢，織女大人。」胡十炎行完禮後，一彈指，後方座椅消失，接著他主動先落了地。

見狀，原先停浮在高空的飛鳥周身也一閃白光，下一秒只見三道身影跟著落地。

旁人立刻自動往後退，有如摩西分海似地清出了一大片空地。

三人之中，除了讓胡十炎表達出敬意的黑髮小女孩外，一人是身形苗條的荳蔻少女。黑髮綁成多條細辮子，白瓷般的面容上鑲著一雙古靈精怪的大眼睛，背後延展出一雙烏黑的羽翅，不難猜出她就是方才飛鳥的人形化身。

至於另一人……

則是一團被無數白線纏捆成的人形大繭，只露出一顆腦袋在外面，嘴上還被人貼了膠布。

假使沒看見那人的面孔，大夥只會認爲那是個不知從哪被綁來的倒楣蛋。

可一旦看清那人的臉——

「啊啊啊啊！小白啊！」柯維安大驚失色地連忙撲上前，然後掏出手機「咔嚓咔嚓」地拍照。

——這簡直是同情得不能再更同情了。

做人兒子的，居然被親娘如此對待，能不同情嗎？

沒錯，就是兒子與娘。

被白線綑成大繭的白髮男孩是兒子，趾高氣揚的黑髮小女孩則是娘。

公會諸人這下都知道來人的身分了。

眼下正用殺人目光凌遲柯維安的白髮男孩就是宮一刻，除了是他們公會旗下的神使之一，還有著不少頭銜。例如柯維安死纏爛打巴上的死黨、不可思議社的社長、唯一有著神使的半神神使……族繁不及備載。

不過其中最爲知名的，是織女與牛郎的孩子。

而由於牛郎的性別是男，那麼三人組中的另一名少女是何身分，也就不言而喻了。

——幾乎不離織女身邊的喜鵲。

面對猛然撲上前的柯維安，喜鵲的第一反應就是瞇眼召出鋒利的黑羽，但發現對方撲的是地上的人形大繭後便收手了。

「白毛的還活著。」喜鵲彎起嘴角，嗓音悅耳如歌唱，「可是鬈毛的，你要是再大聲嚷嚷，吵到織女大人的話……」

「話」後面是什麼，喜鵲沒說出來，她只是摸摸自己的一條髮辮，背後黑翅「唰」地張開，上頭的每一根羽毛都黑得發亮，甚至閃動著金屬鋒銳的森寒光芒。

柯維安立即閉上嘴，一點也不想嘗試那羽毛的硬度是不是也跟金屬一樣。

「沒關係的，喜鵲。」織女不甚在意地擺擺小手，「妾身喜歡熱鬧啊。」

「好的，織女大人。」喜鵲朝織女揚起甜美的笑靨，扭過頭則換成冷酷神情，「喂，鬈毛的，你可以說話了。」

柯維安張張嘴，最後他選擇讓一刻來說話。

撕下膠布，被迫綁成大繭的白髮男孩痛得爆出一串髒話。

「幹！痛死了！給老子把剛才的照片刪掉！不然宰了你！」一刻這一句是衝著動手的柯維安，下一句立即炮轟向綁架他來此地的凶手，「馬的，織女、喜鵲妳們他媽的是欠揍嗎！哪有人會在別人洗澡的時候衝進來，將人綁成一個繭的！」

柯維安長長地吸了一口氣，「甜心，難道你現在是全裸的嗎？」

「裸你老木啊！」一刻咬牙切齒，聲音聽起來像要殺人一樣，「老、子、有、穿！」

「放心放心，妾身有讓一刻穿上內褲和褲子的，畢竟不能讓他在淑女面前露鳥嘛。」織女義正辭嚴地說著。

一刻臉色鐵青，不想跟那個把他看光，還好意思自稱「淑女」的人講話。

所以還是有裸上半身嘛！公會部分女性不由得蠢蠢欲動，想要擠到前方，看能不能趁機瞄見白髮男孩的胸肌。

惠先生驚恐地發現，灰幻居然也上前了幾步，手裡抓著手機，「灰幻你你你……」

「范相思應該會想要吧？」灰幻的臉陰沉得像烏雲籠罩，從他的神情足以看出他的不情願。

讓自己的未婚妻看別人半裸的身體？想想就令人火大。可他仍是想滿足范相思的願望，就算對方人此時不在這裡。

「別阻止他了，惠先生。」安萬里說，「爲愛瘋狂的男人可是什麼也聽不進的，你只要小心哪一天別在換衣服的時候被灰幻撞見，免得你也成了之後范相思用來賺錢的資本就好。具體例子，請參考我面前的一刻學弟。」

「與其說爲愛瘋狂，根本是爲愛喪心病狂啊……」惠先生嘀咕。

幾名部長間的談話沒有傳到他人耳裡，話題主角的一刻更是未曾留意到。

一刻還在用眼刀凶狠地威脅柯維安刪掉照片，直到對方哭喪著臉照做後，他才惡狠狠地改瞪向織女。

「把老子放開。」一刻磨著牙說，「不然妳回去潭雅市後，就再也別想吃布丁了！」

「一刻，小氣的男人會惹女孩子討厭的……妾身怎麼會生了一個小氣的孩子呢？」織女皺皺翹挺的小鼻子，但說話間仍是抹消了一刻身上的白線。

激動的女性歡呼聲迅速從人群中蔓延開來。

一刻僵著臉，只能充耳不聞。

最後還是安萬里好心出手，一件西裝外套頓時平空蓋在一刻身上，得到了對方一記感激的眼神。

「可惡的狐狸眼，小白明明也可以穿我的啊……」柯維安掏出隨身攜帶的手帕，含恨咬著。

一刻回以白眼，不想提醒柯維安，他的衣服對自己來說足足小了一號。

眼睛不能大吃冰淇淋的女性們失望地嘆了一口氣，造成小小的響動。

「矜持啊，小丫頭們。」胡十炎嘖嘖地搖頭，他一開口，周圍立刻乖乖消音，還給了兩位大人物一個安靜的談話空間。

即使兩名大人物的外表都只是十歲左右的小孩子。

這畫面如果讓不知情的人見了，估計只會覺得童趣又好笑。可是公會諸人皆是屏氣凝神地緊盯中央的兩道矮小人影不放，深怕一眨眼，就會錯過這堪稱歷史性的畫面。

神話中的織女。

西山的六尾妖狐。

「要是師父也在，就是嚇死人的三巨頭見面了。」柯維安蹲在一刻身邊竊竊私語，一邊手癢地擺弄手機，「套句范相思常說的，這拍下來鐵定賣錢啊。」

「在拍下來之前，你的小命大概也不保了。」一刻冷漠地警告，「喜鵲會先削了你。」

柯維安手一抖，趕忙收起手機，免得自己真一時腦袋發熱，控制不住拍照的欲望。他早就從一刻那聽說過，喜鵲的護主程度簡直令人髮指。

「確實是好久不見了哪，胡十炎。」織女甜甜一笑，和眼前的老朋友打著招呼，「妾身特地帶著一刻過來，就是聽說你們公會要舉辦絕境求生特別試煉。妾身覺得也該讓一刻好好鍛鍊一下，有鍛鍊才有進步，有進步才能在製作布丁的手藝上精益求精！」

「我聽妳放屁！」一刻忍不住了，青筋在額角抽跳，無視全場的抽氣聲——居然對織女大人破口大罵了——他怒吼道：「妳的重點只是布丁吧！」

「那還用說嗎？」織女回頭看向一刻，小臉寫著「理所當然」四個大字，「當然是爲了布丁呀。平常在家裡，妾身就是太溺愛你了。有句話不是這麼說的嗎？慈母多敗兒。」

織女邊說，邊作勢用手指擦擦眼角，「所以爲了你好，妾身只好忍痛狠心地將你送進狼窩了。」

有太多想吐槽的地方，以至於讓一刻險些一口氣岔到。他摀著胸，實在不敢相信這丫頭的臉皮居然有辦法這麼厚。

……好吧，都活了上千年了，臉皮的厚度的確不是他這年方二十出頭的人類可以比擬。

見一刻仍是神情猙獰，似乎巴不得一躍而起揪住自己的衣領，將自己提得高高的，織女眼珠子一轉，隨後有了新主意。

織女朝安萬里方向招招手，後者雖說不明白她的意圖，仍是笑意吟吟地主動上前。

「這個借妾身一下，可以嗎？」織女指著作爲安萬里坐騎的咩咩君問道。

「當然，請。」安萬里落落大方地出借。

圍觀群眾都不知道這位大人物究竟葫蘆裡賣什麼藥，只能睜大眼睛，就怕錯過任何精彩鏡頭。

甚至有人暗自偷偷架起攝影機錄影。

喜鵲敏銳地扭過頭，美目如利刃，接著似乎是評估這行動沒什麼大礙，又收回視線。

織女先是向安萬里甜甜一笑，作爲感謝，然後一把抱過圓滾滾、白花花的綿羊玩偶，朝一刻仰高小臉。

「一刻，難道你不願意嗎？」織女眨巴著一雙烏黑大眼，濃密的長睫毛搧呀搧的，模樣無比惹人憐愛，看得一旁的人心都要融化了，「你眞的就這麼不願意成全妾身的願望嗎？」

柯維安最先被萌得不支倒地，還伸手顫顫地在地板上寫了個大大的「萌」字。

就算不是蘿莉控、正太控，但一刻對所有可愛的人事物向來缺乏抵抗力。面對滿懷冀求、瞅著自己的織女，即便知道對方是蓄意賣萌，他還是……
還是很可恥地被萌到了。
幹，有夠可愛。
織女何等精明，發現一刻顯現動搖，馬上加把勁，把咩咩君再抱高一點，讓這隻可愛的玩偶陪著她一塊賣萌。
「一刻、部下三號……」織女拉長了軟軟的尾音，「拜託。」
一刻這瞬間聽到自己的堅持潰不成軍倒塌的聲音。
「……知道、知道，老子答應了，行吧？」一刻自暴自棄地耙了耙一頭白髮，「不准再故意對老子賣萌了！」
「哎，難道妾身不萌嗎？」織女又眨著大眼睛。
萌！這幾乎是圍觀群眾的全體心聲。
「好了，那宮一刻也參加，在上面的杜伊升記得登記一下啊。」胡十炎沒給一刻反悔的機會，直接拍板定案，「其他年資沒到，但是想參加的趕緊也舉個手啊。」
惠先生聞言抬頭，這才發覺自己被人抓交替……呸呸，不對，是被人抓去當壯丁的部下，原來待在上方樓層的走廊。

隨著越來越多人舉手，公會大廳上方也平空出現了巨大的光影面板，無數人名浮閃其上。

那些都是自願參加的公會成員。

沒去管周遭的喧鬧，一刻咬緊牙根，一邊暗惱自己立場不夠堅定，輕易就被敵人蠱惑，一邊又不得不承認敵人太強大，自己壓根抵抗不能，凶惡的眼神忍不住再往織女戳去。

「妾身的孩子這麼聽話，妾身眞高興。」織女對射來的眼刀視若無睹，興高采烈地掏出手機，準備要和人不在此地的牛郎分享，「妾身一定也要讓夫君知道才可以。」

「慢著。」一刻咬牙切齒地說，覺得不問清楚不甘心，「我問妳，除了要鍛鍊我的手藝之外，妳到底爲什麼非要我參加這鬼試煉？」

「妾身不是說了嗎，就是要好好磨練你呀。」

「眞心話呢？」

「拿到優勝就能盡情要求岩蘿鄉的妖狐們送來超好吃的烤焦糖布丁，那可是最近在岩蘿鄉爆紅的……啊！一刻你居然套妾身的話！」

無視氣鼓鼓跺腳的蘿莉神仙，一刻徹底黑了一張臉。

我操！果然又是爲了該死的布丁！

第三章

姑且不論一刻有多不滿自己居然是因爲布丁而被織女賣了，他答應參加絕境求生特別試煉，就是答應了。

眞男人就是說到做到，一言既出，駟馬難追。

——雖然這個試煉名字眞他×的不吉利。

「小白，深呼吸一下，吸氣、吐氣、吸氣、吐氣，你就會發現世界還是很美好的。」柯維安拍著一刻的肩膀安慰道：「來，吸吸吐、吸吸吐……」

「吐你媽，你當我孕婦要生了嗎？」一刻不客氣地給了枚大白眼，將肩上的那隻手拍開。他陰沉著一張臉，就算四周盡是蔥翠山景，也暫時無心欣賞。

胡十炎就是個凡事「快、狠、準」的人，當然也可以說狐狸，壓根沒給參加者多少緩衝時間，報名一結束，人名全部記上光影面板，他立即小手一揮——

然後，所有人就被胡里梨的黑影一撈，措手不及地打包到了試煉地點。

岩蘿鄉。

更籠統一點的稱呼是西山。

妖狐一族的大本營。

不過不能否認，西山地廣人稀，就算一口氣像下餃子一樣塞進那麼多人，依然不會令人感到擁擠。

「各部門的，整理好自己的人。」漫不經心的童聲自四面八方傳來，卻不見胡十炎的影子。

不只胡十炎，就連織女、喜鵲也都消失蹤影。

「甜心，織女大人難不成回去了？」柯維安同一刻咬著耳朵，娃娃臉上布滿濃濃的失落。

「肯定沒有。」一刻沒好氣地哼了一聲，「那小鬼那麼喜歡看熱鬧，哪可能拍拍屁股就回去？她要是真敢這麼做，老子回去鐵定痛揍她屁股。」

「冷靜冷靜，甜心你的表情和鬼差不多嚇人了。」柯維安忙不迭地再安撫，就怕自己的好麻吉像顆炸彈，「砰」地引爆了。

其他人也忍不住交頭接耳，想要弄清楚他們現在的處境。

見狀，同樣被打包丟過來的幾名幹部站了出來。

灰幻、惠先生，以及安萬里不須多說什麼，原本還有些躁動的公會成員一瞧見他們出面，幾乎反射性地自動排好隊伍。

「很好，大爺我最欣賞聽話的乖孩子了。」胡十炎慢悠悠地說，「應該不用我再浪費時間介紹這是哪裡，認不出來的等回去公會後，罰寫『西山』和『胡十炎世界第一帥』兩百遍。」

大BOSS的厚臉皮讓眾人們發出此起彼落的咳嗽聲。

胡十炎充耳不聞，「三分鐘後自動進入活動地點，就叫它試煉小世界吧，裡面有各種豪華陷阱組合包、以假亂真幻術組合包。噢，還有……」

雖然只聞其聲，不見其人，可胡十炎的語氣讓大夥腦海瞬間躍出了那張笑得與天真無邪差了十萬八千里的稚嫩臉蛋，緊接著他們不由自主地打了個寒顫。

就像在呼應他們的內心想法，胡十炎拉長了嗓音，「西山妖狐也在裡面，本大爺的族民們正歡天喜地地等候你們的到來，所以待會千萬別客氣，不然就要換你們被不客氣了。最後，附上本大爺的貼心小叮嚀。」

「一，可能會重傷。」

「二，總之會重傷。」

「三，小心別把自己搞死了。」

不待眾人倒吸一口冷氣，胡十炎懶散的聲音剎那間轉了個調。

小孩子般的聲音清亮高亢，還有不容置喙的霸氣。

「來吧，兔崽子們，上欺下、下克上的時間到了！」

就在話聲落下的瞬間，所有人面前突然出現一盞燃著金黃熾焰的透明燈火。

下一秒，燈火破碎，大片金耀炫花了眾人的眼。

還來不及反應過來，一刻頓覺腳下一個不穩，隨即身子徹底失了平衡。

快速墜落帶來的失速感令他心中大驚，可眼前的炫光還未消失，便又馬上感覺到失速感猛地中斷。

腳下重新踩上平地。

「操，這是在搞什麼鬼……」

甩了甩些許殘留的暈眩，一刻大力閉上眼，再倏地睜開。映入他眼眸底的景象幾乎讓他產生了自己仍在原地的錯覺。

周遭依舊環繞大片蔥翠的林木，他依舊置身在保有原始林貌的山林之中。

除了腳邊沒再看見柯維安做的記號，以及……

除了自己，現場僅剩一抹纖細的少女身影。

一刻沒立即搭理那個抱頭縮坐在地上、看起來還沒回過神的少女。他緊擰眉頭，低頭再檢視一次，耳邊猶然飄蕩著柯維安不久前興致盎然的說話聲。

「甜心你看、你看，我用石頭堆了一隻兔子！」

「你他媽的也太無聊了吧！而且這哪是兔子，分明更像豬。」

「不不不，絕對是兔子的。只要你心中有萌兔，看這些石頭就會像萌兔了。你懂嗎，親愛的？」

「不，老子完全不懂，所以你弄這是要幹啥？」

「無聊嘛，誰都知道上司在這種場合最喜歡說廢話。」彷彿怕被抓到，柯維安最後兩字還壓得格外輕。倘若不是一刻靠得近，大概只能看到他的嘴巴有在動，「總要找點事做嘛，何況西山裡除了樹還是樹，做個記號，好認得清楚這裡是我們最開始的位置。」

柯維安當時只是抱著好玩的心思，估計也沒想到那隻用石頭堆成像豬的兔子，還眞的讓一刻得以分辨出他並非身處原地了。

一刻吐出一口氣，這些年來的經驗告訴他，他們所有人很可能是被打散，丟到西山的不同地方了。

就在這時候，不遠處的少女顯然也終於發現到這裡還有她以外的其他人，她連忙彈跳起，一雙水藍色眼睛瞪得大大的。

看清此地唯一同伴的外貌後，她睛睛瞪得更大了。

一刻都忍不住暗暗擔心對方的眼珠子會不會瞪出來。

「你你你……」綁著長長捲馬尾的少女眨眼間從吃驚轉成欣喜，一個箭步衝上前，態度熱情地就要握住一刻的手。

一刻被那堪稱凶猛的姿態嚇了一大跳，下意識連退好幾大步。

沒有憑靠本能召出自己專屬的神使武器，是因爲一刻心裡清楚，會和自己待在同一處的人，想必也是神使公會的一分子。

像是意識到自己的熱情嚇到人了，少女緊急煞住前衝的腳步，她撓撓後腦勺，露出小心翼翼的笑容。

「那個，我沒有惡意的……我我我可以證明我不是壞人！」

「我知道妳不是壞『人』。」一刻冷靜地強調了最後一字。

他又不是眼瞎，面前藍髮藍眼的少女擺明就不是人。

一頭搶眼的海藍色鬈髮在左側紮綁成長長的馬尾，末端呈現挑染般的金亮，髮結處繫著誇張華麗的花朵髮飾，嘴唇和眼角處泛著淡淡的藍。就算說這是時下流行的唇膏和眼影，那麼沒有袖子遮覆的光潔手臂上凝著的些許冰晶……

總不會還要說這是在玩COSPLAY吧？

發覺思緒飄太遠的一刻穩住心神，和柯維安及身邊那群傢伙相處太久，吐槽和跑題差不多都快成了他改不掉的習慣。

外表像是高中生的少女眨眨眼睛，以爲一刻的沉默是還不相信她的話。她歪頭思索一會，接著像是靈光一閃，急急從身上口袋摸出一張小卡，再獻寶般地展示給一刻看。

那原來是一張工作證。

上頭除了附上少女的大頭照之外，還標明了她的姓名與工作單位。

左鏡花。

警衛部小小小菜鳥。

一刻當即明白過來，少女是惠先生的下屬。

不過那個小小小菜鳥又是啥意思？誰家的工作證會直接打上「菜鳥」這兩字的？

……好吧，神使公會。一刻無奈地在心中吐槽。

「啊，小小小菜鳥的意思，就是我才剛進警衛部不到一年。」注意到一刻訝異的目光，左鏡花流露幾分靦腆，「要再七年才能變為小小菜鳥呢。」

一刻放棄吐槽妖怪的年資認知了，根本吐不完好不好。

「妳也是……妳也是來參加那個絕境求生的？」由於活動全名太恥，一刻毫不猶豫地選了最重要的四個字。

「嗯嗯，對呀。」左鏡花笑嘻嘻地收起工作證，「沒想到能這麼近距離地接近一刻大人呢。」

或許是一刻身爲半神，前世父母還是赫赫有名的牛郎與織女，因此公會裡不少人稱呼他都會加上「大人」兩字。

「喊宮一刻就行了。」一刻每每聽到有人喊自己「大人」，就覺得渾身不自在。

「好唷，一刻。」左鏡花從善如流地省略尊稱。不過過不了多久，見到公會名人帶給她的興奮很快被此地僅有他倆的不安覆蓋過去，「一刻，你知道剛剛發生什麼事嗎？我記得老大說完話後，眼前突然一花，然後就到這裡來了，爲什麼其他人都不見了？」

一刻也有同樣的疑問，但還未等他開口，一道明亮爽俐的嗓音冷不丁響起。

「哈囉，大家都分完組了吧？」

這個聲音……一刻瞳孔一縮。范相思！

「相、相思大人！」左鏡花忙不迭左右張望，想找出執行部部長。

只是無論再怎麼搜尋，都沒有瞧見第三道身影。

「范相思，妳這是要玩什麼把戲？」一刻的眉宇非但沒有鬆開，反倒皺得更緊了。

一刻可沒忘記這位劍靈也是這場活動的協助者之一，換言之，就是胡十炎的共犯。

想到對方素來巴不得有熱鬧可看的性子，他的太陽穴更是一抽一抽地作疼。

「好啦，不管你們現在正在做什麼，都先停下來不要動。」奇異的是，范相思似乎沒聽見一刻的質疑，那道清亮的嗓音仍然自顧自地說著，「不然後果本姑娘可不負責哪。」

這反應……一刻感到狐疑地挑挑眉梢，轉頭掃視周遭一圈。

但什麼人也沒發現。

下一秒，范相思的聲音替一刻解了惑。

「試煉空間裡還沒開啓雙向聯繫，所以現在你們能聽見我說話，我還聽不見你們說話。」范相思輕鬆愉快地說道：「畢竟在本姑娘宣布事情的時候，你們嘰嘰喳喳的可會干擾到我……唔，用一句話來說，就是乖乖聽我說就是了，誰管你們的意見呢？」

明明就是悅耳如玉石敲擊的聲音，偏偏吐出的字句霸氣又強勢得很。

即使無法見到那抹苗條的身影，還是能充分感受到屬於劍靈的悍然氣勢。

「現在開始，我說的通通跟試煉有關。」

范相思像是爲了讓參加者有消化的時間，特地停頓了下，緊接著快速卻讓人聽得分明的話語如珠落玉盤，毫不間斷地進入眾人耳內，叮叮噹噹，格外清脆響亮。

「活動由我范相思負責主持，你們是待在西山又不完全算是西山裡，我們就稱它爲西山小世界吧。至於建構原理太複雜了，說出來反正你們也不懂，就不說了，只要記得在裡面手機訊號會被屏蔽就好。」

「要是撐不住想放棄，就大聲呼喊『老大好帥』，記得喊三次。本姑娘替你們爭取過了，但老大堅持要這口號，便愛莫能助囉。」

「再來，你們應該都發現自己不是一個人。現在看看你們的手腕，我數一二三，就會出現一圈手環了……一、二、三。」

果然正如范相思所言，她話聲方落，一刻就瞧見自己手腕上平空冒出一圈粉色光環。

一刻下意識往左鏡花看去，在對方細瘦的腕上也看見同色光環。

這有什麼含意嗎？一刻腦內剛閃過這想法，彷彿呼應他一樣，范相思帶笑的聲音再次傳出。

「相信你們都看到啦，同樣款式、同樣顏色就表示你們是同組隊員，隊員可以互相幫助，當然你們要互相捅刀我也不會阻止的。原本老大是說最短時間內闖關成功的人，以及擊倒最多對手的人算是贏家。這裡稍稍修改一下規定，從單獨一人改成小組，要全員到齊才算小組啊。」

「至於一組幾人，最後自然就會知道囉。」

「另外，這手環還有獨特功能，可以壓制部分力量。舉例來說，副會長安氏萬里先生雖然此時身矮體弱易推倒，然而七百年的修行畢竟不是蓋的。因此記得對開發部懷抱感謝之情，是他們友情提供了這個手環，還特別將每個小世界做過調整，配合每一組的實力。」

「噢，紅綃要我幫忙插播一下，大恩不言謝，你們等活動結束後，交上年輕的肉體給開發部做個小小小實驗就行了。最後，順便再修正一下老大送你們進來前說的那幾句話，要記得感謝本姑娘的貼心提醒哪。」

「一，可能會重傷，大概吧。」

「二，總之會重傷，大概吧。」

「三，小心別把自己搞死了……啊，這倒是不用怕，因爲我們有開發部在呀。」

笑吟吟地說著讓參加者頭皮發麻的補充，范相思的聲音在最末一字「呀」落進空氣後，不到片刻便戛然而止，再也沒有響起。

無意識盯著上空看的左鏡花一臉呆滯，好似還沒從那堆訊息量過大的說明裡緩過來。

一刻臉色鐵青，只想衝著那從頭至尾不見人影的劍靈咆哮。

這種畫蛇添足的廢話，你他媽的還不如不說！

即使內心澎湃湧動著各種吐槽和咒罵，但最後一刻還是通通壓了下來，沒讓它們成功衝出喉頭，只重重彈下舌頭。

「呀啊！對、對不起！」沒想到這一聲咂舌嚇了左鏡花一跳，那抹嬌小身影瞬間蹦跳起來，肩頭也繃得緊緊的，簡直就像突然遭受外力碰觸的含羞草似的。

「妳對不起個……」一刻費了一番力，將似乎太過粗魯的語句修飾了下，「妳沒事幹嘛說對不起？」

「因爲一刻你咂舌……」左鏡花小心翼翼地瞅著人，「在《教你如何分辨人類情緒的一百零八招》裡面，就有提到這是表示人類不耐煩或被惹怒的跡象。」

「還有這種書啊？」一刻抹把臉，順帶揉揉臉部肌肉，看能不能讓過於凌厲冷硬的表情軟化一點，「算了，妳那本書還少列一點，有時候咂舌只是人類無意義的小動作而已。」

「真的嗎？我立刻做筆記，等回去後就寫讀者回函投訴他們！」

「不，這倒是不用了……不用筆記，也不用投訴。」

「了解。既然身爲人類代表的一刻你都這麼說了……唔姆，用『人類代表』四個字好像又不太對？」

眼見左鏡花又要因無關緊要的小事陷入苦思，一刻果斷地拿出最常對付織女的那招。

轉移話題。

「動作再不快點，時間就浪費掉了，其他小組說不定已經開始行動。」一刻吐出一口氣，鬆握了下手指，「我是想要爭取優勝的，妳呢？」

就算對於自己被織女強制扔進這活動仍感到火大，可既然來都來了，一刻也不打算無功而返。

「我？」左鏡花果然忘了先前糾結的問題，她反射性指指自己，隨後猛力地點頭，「當然也要優勝啊！我有一個願望超級想實現的，不，應該說爲了沒辦法參加的水月，我會拚命讓它實現的！這可是我們兩人共有的願望呢！」

「水月？」一刻對這忽然出現的名字表示納悶。

鏡花、水月。

這彼此呼應的名字……兩人間應該有什麼關聯吧？

事實證明一刻的猜想沒錯。

「水月是我的妹妹，全名是右水月，和我一樣是警衛部的新人。她原本也該參加活動的，但是……」左鏡花瞄瞄四周，確定附近只有她和一刻，再壓低聲音，「她昨天吃壞肚子了，和廁所幾乎難分難捨，然後啊……」

「不用然後了。」一刻連忙抬手打斷，他一點也不想知道這種不必要的情報。

「喔……」左鏡花看起來充滿惋惜，「我本來想告訴你，她上廁所吵死人了。」

「我、眞、的、一、點、也、不、想、知、道。」一刻磨著牙說。

「那那那，那我告訴你我們姊妹倆的願望吧。其實我們本來想……但沒想到老大會提供那麼棒的優勝獎勵，既然如此，一定要試試才行！」左鏡花就像巴不得能有機會對他人訴說，不容一刻拒絕，她連珠炮般吐出一串幾乎沒有停頓的句子，「我們的願望就是讓堯天穿上執事服成為我們姊妹倆的管家，對我們無微不至地照顧！當然一定要稱呼我們為『大小姐』才行的！」

「……啊？」一刻被這串話砸得有些頭昏眼花，總覺得好似還聽見左鏡花叨唸著，不管是這個方法還是那個方法，她們姊妹都要達成願望不可。

「哎呀，說出來了！」左鏡花面泛紅暈，雙手捧著臉，一個人不住地傻樂著。

好不容易回過神的一刻甩了甩頭，勉強捕捉到一個他十分熟悉的關鍵字。

「堯天？」為免自己所想有誤，一刻還特意補充，「擔任雜誌模特兒的堯天？」

「對對對！」左鏡花驚喜地望向一刻，「你也是堯天的粉絲嗎？他眞的超級帥、超級帥的對不對！」

一刻承認堯天的臉的確很帥氣，但他覺得自己只要說出一個「對」字，就會被左鏡花認定是堯天的男粉。

他不是堯天的粉絲，但他是堯天的……

「抱歉打擾了，不過我似乎有聽到我的名字？」一道溫醇的好聽男中音無預警響起。

以為此處只有自己兩人的一刻和左鏡花一愣，飛也似地雙雙轉過頭。

這一轉，白髮男孩和藍髮少女不禁都呆住了。

說話者正從樹林後走出來，他的身形高挑修長，儼然是天生的衣架子。即使是簡單的衣著打扮，在他身上依然能展現出一股迷人的優雅風采。

左鏡花十指緊緊交握，身子不住發抖，一雙藍眼眨都不敢眨，張得又圓又大。

從林中走出的，是名外貌約莫二十來歲的年輕男子。一頭金褐色髮絲襯著本就白皙的膚色，讓他精緻的五官多了猶如初春陽光般的柔和感。

相較於左鏡花瞬也不瞬地盯著人看，一刻則是不敢相信地眨眨眼，再眨眨眼。

待確認眼前人影不是自己的幻覺，他震驚地拔高聲音，「左……」

年輕男子立即豎起食指置於唇邊，含笑的眉眼彎彎，說有多溫柔就有多溫柔。

那能輕易迷倒一票女孩的表情，馬上就讓左鏡花滿腔的激動宛如充過頭的氣球，

「砰」地炸裂開來。

「啊啊啊啊啊！」左鏡花捧著臉尖叫，「是堯天！活的堯天啊啊啊！我的天、我的天……我要昏過去了！」

左鏡花作夢也沒想過，有一天能如此近距離地看到偶像。她亢奮地衝上前，在距離堯天數步時又硬生生煞住腳步，水藍色的眼眸閃閃發光，簡直像湖水裡墜入滿天的星星。

「我我我……」藍髮少女結結巴巴地說，「我可以跟你握個手嗎？」

「當然可以。」堯天笑咪咪地主動伸出手。

左鏡花發出好大一聲吸氣聲，緊接著兩隻手迅雷不及掩耳地竄出去，緊緊抓住堯天的手掌，猛搖了好幾下。

然後陶醉地看著自己的雙手。

「啊，我一整天都不要洗手了……」

一刻默然，他不是很明白迷妹的心情。

趁著左鏡花看不見後方狀態，一刻立即朝堯天使了個詢問的眼色。

也虧對方和自己向來極有默契，否則換作他人，只怕會誤以爲那是記戾氣十足的眼刀子。

「我也是來參加活動的。」堯天微笑地說著。

「參加……活動？」本來沉浸在興奮之情的左鏡花一聽到關鍵字眼，猛地抬起頭，藍眸內的迷戀被不敢置信取代，「難、難難難道說，堯天你也、也是……」

左鏡花深吸了一口氣，下一秒一聲尖叫在林中爆發。

「你也是公會的人!?不可能吧，眞的假的？騙人的吧？她們從來就沒……」

眼看藍髮少女幾乎無法控制激越的情緒，堯天再度豎起食指，比出了一個代表「噓」的手勢。

宛如某種不可思議的魔力，藍髮少女反射性摀住嘴，吞下了差點就衝出來的各種叫喊。她憋得一張臉紅通通的，半晌後，就像喘不過氣般放開手，重重「哈」了一聲。

不過左鏡花看起來總算冷靜許多。

偶像的魅力啊……一刻走至堯天身旁，衝著他挑挑眉。

讀懂一刻眼神含意的堯天微微紅了一下面頰，長長的眼睫下垂。

那模樣倒是和一刻記憶裡的那抹柔弱身影重疊起來。

金褐髮絲的俊俏青年，堯天。

金褐長髮的美麗少女，左柚。

一刻忍不住笑了笑，果然外形再怎麼變化，本質都不曾改變。

畢竟是同一人啊。

假使左鏡花能夠看穿一刻此時的想法，肯定會被衝擊得說不出話來。

備受人類女性和妖怪女性喜愛的模特兒堯天，原來不是人類，就連性別也是憑靠幻術改變的。

眞正的他，不，應該說是她……

其實是西山妖狐的副族長，被絕大多數雄性妖狐視作女神的左柚。

這條祕密一旦曝光，勢必引起軒然大波——光是神使公會的胡里梨就會先鬧翻了天——所以堯天的眞實身分至今只有極少數人和妖怪知道。

身爲左柚家人的一刻，自然就是那極少數之一。

也幸好左鏡花渾然不知，她一雙美眸眼巴巴地緊盯著堯天不放，屏息等待對方的回答。

「不，我不是公會裡的人呢。」堯天笑著搖搖頭，「接下來我要說的話，希望妳能幫我保密，好嗎？」

左鏡花忙不迭地猛力點頭，勁道大得讓旁觀的一刻都擔心她脖子會不會拉傷了。

「我是……嗯，我是沒有登記在公會旗下的神使，透過一些管道知道這個活動，為了磨練自己的能力，才央求叔叔讓我參加。」堯天主動拉高袖口，露出一截手臂。白皙的皮膚上，攀爬著一段猶如植物枝蔓延展開的淡紅色花紋。

「眞……眞的是神紋！」左鏡花瞠目結舌。

就連一刻也聽得目瞪口呆，他都不知道左柚信手就能拈來這麼一套唬人的說辭。

「你這回怎麼沒用狩妖士這身分了？」一刻壓低聲音，飛快詢問。

「怕有些妖怪會反感，這只是理由之一。」堯天也小小聲回話。

「理由之二呢？」

「嗯，其實我早就把當初捏造的狩妖咒語忘得一乾二淨……臨時要想也想不出來。」堯天摸摸鼻尖，如畫的眉眼染上一抹尷尬。

一刻壓根沒料到理由會是這個，他忍住湧上喉頭的笑意，繃住表情。

「所以堯天你……是神使？這麼說起來，你叔叔是公會裡的人？」左鏡花的神情震驚到發懵。

堯天泰然自若地頷首，這點他的確沒說謊，沒人可以否認胡十炎不是公會的一分子吧？

「媽啊！眞、眞難以置信……」左鏡花喃喃說，「這種大情報，她們……」

「她們？」一刻沒錯過這個第三人稱，「誰？」

「沒事、沒事，我是說公會的其他人。」左鏡花一個激靈，連忙擺了擺手，「我是說大家居然都不曉得這個大情報，這保密工夫做得眞好呀！」

堯天笑笑沒說話。

被那柔和的目光注視，左鏡花心跳如擂鼓，驀地又想到自己不久前脫口而出的願望，臉蛋頓時衝上驚人的熱度。

「我們趕、趕快走吧！」覺得自己再多待一秒就會原地爆炸，左鏡花率先往其中一個方向大步衝了出去。

一刻和堯天甚至還來不及喊住她。

可誰也沒想到，不過只一會兒，左鏡花又衝了回來，臉蛋煞白，神態驚慌無比。

「後面！後面！」左鏡花驚恐地大叫著，手臂不住往後揮舞。

一刻和堯天一凜，兩人手中同時出現了武器，警戒地望著左鏡花奔來的方向，以防有敵人冷不防冒出攻擊。

「不是，快跑啊！」左鏡花更著急了。

隨著左鏡花和他們的距離逐漸縮短，一刻、堯天也看見讓對方逃難般跑回來的原因是什麼。映入他們眼中的，赫然是地面迅速崩塌，被黑暗侵蝕的怵目景象。

一刻瞳孔收縮。一開始就來這個，也太他媽的刺激了吧？

「靠靠靠！跑！」一刻大吼。

就算不用一刻拔高聲音大喝，堯天和左鏡花的腳步也不敢停下。

彷彿知道獵物要逃跑了，地面崩塌的速度驟然加快。黑不見底的深淵就像一張血盆大口，急著將獵物吞入其中。

很快地，一刻察覺不僅僅是後方，包括他們左右兩側的地面也開始產生崩塌。粗大的裂縫就像黑色大蛇，迅速延展，隨後是大片大片的土地垮散墜落。

在這短短時間裡，一刻他們只剩前方唯一的路徑能夠穿越。

如同與生俱來的習慣，一刻不假思索地將堯天和左鏡花使力一扯，讓自己殿後。

「一刻！」堯天焦急扭頭。

就算這只是試煉，但他依舊不願見到一刻受到絲毫傷害。

「跑！」一刻不容置喙地厲喝。

聽著土石崩裂瓦解的沉重聲響不停自後頭傳來，一刻強迫自己別浪費時間往後看，他攢緊的手心裡滲出些許汗水。

若是在這地方出局，很可能就會被送到開發部療傷了。

那個雖然兼職作爲醫療團隊，但大多時間還是要唸作「神經病」的開發部。

大地不斷塌陷，樹木也在刹那間就消失在一刻他們身後，墜入了黑暗之中。

只要速度一慢，就會面臨同樣的下場。

危急之際，前方冷不防出現大片白茫濃霧，誰也不知道霧後等待他們的是什麼。

然而面對不明危險，他們卻也別無選擇。

他們已經被逼迫得只能往前了。

一咬牙，三道人影義無反顧地衝進了茫茫大霧裡面。

一刻甚至做好了可能會踩進另一個深淵的心理準備。按照過往經驗，這種坑人的事實在太他媽的可能發生了！

但出乎他的意料，腳下的硬實感並沒有無預警消失。

消失的，反倒是宛若牛奶色澤的白色霧氣……

只不過霧氣退去後，出現在三人周邊的景象已截然不同。

衝在最前頭的左鏡花硬生生煞住腳步，水藍色的眸子掩不住驚疑地瞪著前方。

「這是……？」堯天吃驚地上前一、兩步。

一刻繃著臉，手上的白針握得緊緊。

在一刻他們眼前的，是一座暗綠雕花大門。門後是兩旁立著華麗燈柱的大道，道路朝遠方延展而去，能夠看見許多遊樂器材高低錯落著，更遠處則是猶如童話城堡的高聳建築物。

這儼然是一座遊樂園。

還是一座看起來相當夢幻、華美的遊樂園。

即使如此，一刻也未曾鬆懈半分。依照胡十炎的惡趣味，誰知道會不會一走進去就從夢幻樂園變成恐怖樂園？

不得不說，一刻在這方面還眞是了解胡十炎。

左鏡花喉頭滾動了下，大著膽子伸出手，隨著她指尖碰觸到大門欄杆，巍峨的雕花大門頓時自動向後滑退開來。

門開啓了。

一刻吐出一口氣，回頭看向被黑暗徹底遮罩的後方，再看看擺明就是請君入甕的前方。不再多浪費時間，第一個邁開步伐。

隨著三人正式踏入門後領域——

明亮的天空驟然變得幽暗，濃烈的深紫、深藍緩緩流動，就像是無數巨大的漩渦匯集在天幕上。

燈罩裡「啪」地亮起青幽幽的火焰，不時躍動出扭曲的形狀，纏繞在燈柱上的金花銀葉成了腐爛的裝飾。

朝前方延展出去的石板大道上散布著黑褐色污漬，宛如血液經年累月滲透般，再也刷洗不掉。

而遠處的遊樂器材和高聳城堡更是華麗盡褪，只餘鬼氣森森。

一刻面無表情地回頭望了身後一眼。

很好，雕花大門也滿布鐵鏽，原本精緻的雕花更成了駭人的惡鬼圖騰。

夢幻樂園一秒變成恐怖樂園。

「眞、眞不愧是西山妖狐的幻術啊……」左鏡花半是畏怕，半是佩服地說。

「不單是我們……」倏地意識到自己差點漏了餡，堯天及時嚥下來到舌尖的話語，若無其事地換了說法，「除了妖狐的幻術，神使公會也出了不少力量，所以小世界裡的一切，基本上都是貨眞價實的——當幻術凌駕於眞實，那麼虛幻也能成爲眞實。」

左鏡花胡亂地點頭，她正被堯天露出的一抹笑迷得暈頭轉向，壓根沒仔細聽進對方說的話。

一刻是領教過妖狐幻術的，他皺眉打量四周，留意到越來越多白色霧氣從四面八方聚集過來，很快便凝結成一面公布欄。

「什麼東西？」一刻彈下舌，看見像是告示的紙張平空自公布欄裡浮出，神使的好眼力讓他能清楚看見紙上的小字，「歡迎來到愛與希望的國度……國你老木啊！誰家的愛與希望是這德性的！」

「一刻，冷靜、冷靜。」堯天按上一刻的肩膀。

「還有地圖耶！」左鏡花發現新東西，驚喜喊道：「這好像是這個遊樂園的地圖，城堡的位置被畫了一個小王冠，所以目的地是這裡囉？角落有一個地方是打××，旁邊還有註解……打×的地方勿入，無論如何都不准進入……所以這是很重要的地方囉？」

不知道想到什麼，左鏡花的藍眼驀地一亮，語氣也高昂不少。

「會不會藏有什麼寶貝呀！」

一刻沒回話。一來是他覺得不可能，胡十炎素來秉持「不帶給人驚喜，只帶給人驚嚇」的原則，說是藏有什麼危險物品他還比較相信；二來是他的目光被公布欄新增的幾個大字攫住了。

一刻眼一瞇，「試煉等級五顆星？這又是什麼鬼？」

「啊。」反倒是堯天低呼一聲，反應一看就像是知道內情。

一刻馬上將視線轉向這名妖狐族的副族長。

堯天眼神飄移了下，隨後又轉回來。

這下子，一刻很肯定堯天絕對是知道什麼。

「那個，有件事必須要先說聲抱歉，一刻……」幻化成俊俏青年的四尾妖狐露出一抹靦腆的笑。

不知道是不是自己的錯覺，一刻覺得那抹笑還莫名帶著心虛和討好。

很快，一刻就知道那眞的不是自己的錯覺。

因爲堯天小聲地說：

「由於我私下要求和你同組，作爲交換條件，我們的試煉難度一口氣提升到最高了，才會變成五顆星。你知道的，一刻，就像是玩遊戲會有困難版、特別困難版，還有超級困難版一樣。」

……不，一般遊戲才沒這種見鬼的分法！

第四章

「超級困難版？」

一聽到這個宛如散發濃濃不祥的字眼，柯維安的表情剎那間凝固了一下。娃娃臉男孩呑呑口水，抓緊和自己差不多高的巨大毛筆，瞪大的眼睛裡流露一絲驚悚，緊盯著吐出這五字的苗條少女。

「雖然這五個字合在一起我聽得懂，拆開我也聽得懂，但……」柯維安乾笑地擠出聲音，「我能不能再問一次，超級困難版指的……該不會是我們這小世界的等級吧？」

「既然聽得懂的話，爲什麼還要多此一舉地問？髫毛的矮子，你腦袋有洞嗎？」比柯維安高半個頭的少女彎起柔軟的嘴唇，毫不客氣地朝對方潑出辛辣的嘲諷。

柯維安內心好想哭泣。

雖然不是沒被冷嘲熱諷過——這種事情，他的前室友A做得可是不遺餘力——可是被一個男人嘲諷，和被一名美少女嘲諷，那等級完全是不一樣的好嗎！

而且他還沒辦法反駁「矮子」這兩個字。

他確實是比喜鵲還要矮。

眞是一個悲傷的事實。

要是此時換作一刻在場，他估計會非常震驚與柯維安同組的人，竟然是照理說應該陪在織女身旁的喜鵲。

窈窕的荳蔻少女雙手抱著胸，白瓷般的臉蛋上鑲著一雙靈動的墨色大眼睛，嘴角似乎總是翹起。烏黑的髮絲紮綁成多條細辮子，藍色衣飾的兩側鏤空，露出性感光潔的腰背，屬於鳥類的漆黑雙翅在背後收攏著。

這名在「牛郎織女」神話中佔有重要地位的少女，乍看下給人愛笑、古靈精怪的印象，然而一旦接觸過，就會發覺那原來只是表面，實際上毒舌又難相處得很，滿心滿眼都只有織女的存在。

柯維安敢篤定，自己在喜鵲眼中看來，大概就和地上的灰塵差不多吧。

事實上，就連柯維安也沒想到，喜鵲會自願參加這個活動，還和自己分到了同一組——接著就被告知，他們待的這個小世界是「超級困難」的級別。

但轉念再一想，想到喜鵲對織女的執著之心……

「呃，喜鵲小姐，妳該不會也想向老大許願吧？」柯維安謹慎地問：「例如讓全公會的人都變成和織女大人同樣的外貌……之類的？」

「啊啊？」喜鵲眼一瞇，唇角拉出冷笑，「怪不得你會和宮白毛混在一塊，智商都令人擔心哪。織女大人就是織女大人，就算有人和她擁有同樣外貌，那也不過是卑劣的冒牌貨。喜鵲我爲什麼要那種東西呢？把你的無聊妄想拿掉，不然我就讓你腦袋通通風、透透氣。」

喜鵲手指往虛空一抓，數根黑亮羽毛轉眼夾在她指間，邊緣泛著華美鋒利的光芒。

「不不不，我絕對沒有什麼妄想的。」柯維安忙不迭大力搖頭，爲了證明自己所言非假，他將毛筆夾在臂彎，好空出兩隻手來翻找手機，「其實呢，喜鵲小姐，我是想向妳推薦……」

柯維安手指在螢幕上快速點按。

「這個！」

然後將手機展示給喜鵲看。

喜鵲挑挑纖細透著鋒利感的眉毛，映入烏黑眼珠裡的，是多張照片的縮圖。她也不說話，等著柯維安主動開口。

柯維安一點也不介意，他愉快地說，「這是我這陣子找到的網路商店，專門販售非常可愛的造型童裝。」

「造型童裝……」喜鵲咀嚼這幾個字的含意。

「喜鵲小姐妳看，這件是小紅帽款的，這件是睡美人款的，還有這件是愛麗絲款的。」柯維安開始滔滔不絕地介紹起來，「有分各種尺寸，做工也精細，布料不會磨擦皮膚，帶給小孩子不舒服的感受。事實上，我正打算買幾件給我的妹妹呢。」

喜鵲雙手抱胸，等著娃娃臉男孩說出真正目的。

「然後啊，」柯維安露齒一笑，眼睛閃閃發亮，臉頰上的雀斑似乎也染上光輝，「我馬上就想到織女大人了，這些衣服想必也很適合織女大人吧！喜鵲小姐，妳覺得如何？」

喜鵲摸摸下巴，自己覺得如何嗎？

「我覺得……」有著黑翼的細辮子少女慢條斯理地說，「你勉強，算不錯吧？」

柯維安笑容滿面，乖巧又狡黠地望著對方，沒有絲毫意外，彷彿這點變化也在他的預料之中。

「網址記得發我，我的LINE帳號是……」喜鵲張口報了一串英數，「看在你的不錯程度比牛郎大人高的份上……」

明明是用著尊稱，喜鵲的語氣就是有辦法讓人覺得她說的不是「牛郎大人」四個字，而是「這個礙事低等的草履蟲」。

柯維安非常聰明地當作什麼也沒發現，表現乖巧地聽著喜鵲說話。

「我可以告訴你，我的目標。」喜鵲笑得甜美，悠揚的嗓音如同歌唱，「喜鵲我呢，只打算獲勝，爲織女大人取得西山出產的烤焦糖布丁。既然我們都同組了，按照規定，要組員一起過關才算數。因此我們就彼此好好配合一下吧，織女大人也說過團結力量大。不過，你可要好好出力才行。」

「不然喜鵲我啊……」

喜鵲目光晃過周圍一圈，又回到柯維安臉上，她的笑容甜蜜又殘忍。

「怕會忍不住宰了扯後腿的傢伙哪。」

「了解、完全了解。」柯維安迅速俐落地舉手行了個禮，「我也有想實現的願望，所以絕對會拿出全力配合喜鵲小姐妳的。對了，要是妳買了新衣服、讓織女大人穿上的話，可以傳一張照片給我嗎？只要一張就好了，拜託了！這是我人生唯一的請求了！」

對柯維安的愛好百般嫌棄的一刻要是聽到他的發言，絕對會大翻白眼，順便吐槽：你人生唯一的請求也太渺小了吧？

但是喜鵲不這麼想，她微蹙眉，露出高傲又勉爲其難的表情。

「即使你能明白織女大人的無上美好，不過就只能一張。敢再多，一樣宰了你。還有什麼問題嗎？」

「有有有，最後一個，眞的就最後一個！」

這疑問在柯維安心裡憋了好一陣子，眼下見喜鵲終於把自己劃至同伴的範圍——雖說有時間限定，破關後這關係就掰掰了——他當然要把握這難得的機會。

「喜鵲小姐，妳一開始有說這裡的難度是超級困難版……」柯維安瞄瞄看起來風和日麗、氣氛祥和，還能聽見蟲鳴鳥叫的森林，「我也知道小世界會配合小組的實力，可是這裡就只有我們兩個人，難度拉那麼高感覺有些……」

「先不管有幾人。」喜鵲漫不經心地撫過自己的一條辮子，語帶嘲弄，「我都在這了，爲什麼難度不能拉高呢？」

「哎？」柯維安眨眨眼，表示一頭霧水，不明白這前後的關聯性。

他從一刻那邊聽過喜鵲的身手不弱，只是和喜鵲同組的，是戰鬥力離強盛有挺大一段距離的自己，說是他拉低了整個小組的實力都不爲過。

這情況下，難度等級竟還有辦法飆升那麼高！假如換算成數字……

等等，數字！柯維安靈光一閃，頓如醍醐灌頂。

他居然忽略了最關鍵的地方……就是數字啊！

怪不得喜鵲會說光憑她在這裡，難度就會提高。

她是誰？她是「牛郎織女」神話故事中的喜鵲啊，她存活的歲月都超過安萬里那個老妖怪了！

柯維安完全忘記面前的細辮子少女甚至比他們老大和副會長的年紀還要大……他嚥嚥口水，驚嚇的同時也滿足於解開了疑惑。把問題憋在心中，對他實在是太痛苦了。

「好啦，小矮子，不管你不中用的小腦袋瓜子在想些什麼，現在……」喜鵲感受著從腳下傳來的細微震動。

那是非常微弱的脈動，微弱到對邊的娃娃臉男孩毫無所覺，只睜著一雙以男孩子來說偏大的眼睛傻傻地看著自己。

喜鵲嘴角愉悅地揚高，「抬起你的腿，準備死命地跑吧。」

最末一字逸入空中之際，柯維安就聽見這座森林傳出了低沉的轟鳴。

像是一頭深眠的怪物無預警甦醒過來。

下一刹那，柯維安雙眼瞠大，看見腳下出現無數格線，將森林內的土地切劃得宛若磚塊一般。

接著便以奇快無比的速度開始一塊塊塌陷，墜入深深的黑暗之中。

柯維安倒吸一口氣，總算理解爲什麼喜鵲會叫自己準備死命地跑了。

地都塌了，還能不跑嗎？

喜鵲扔下警告，便「唰」地展開雙翅。烏黑的翅膀在日光下折反著光，讓每一根羽毛纖毫畢現。

換作是平常，柯維安可能還會多看一眼，讚歎那翅膀的美麗，不過現在他的腦海裡只有一個念頭——

跑。

跑跑跑！

金耀毛筆轉瞬化成光束鑽回背包裡，娃娃臉男孩揪緊包包的肩帶，一臉驚恐地追著喜鵲往前衝。

身後土地一格格地崩墜，轟鳴聲也變得更加劇烈，像是怪物張嘴咆哮，將這世界的平靜表象徹底撕裂得粉碎。

「媽啊啊啊！」柯維安一邊慘叫，一邊死命地邁動雙腿，他似乎隱約還聽見另一道尖叫，但下意識當成是自己的錯覺。

畢竟這個小世界，應該就只有喜鵲和他自己而已。

喜鵲拍動黑翼，在林間靈活敏捷地穿梭飛翔，不斷被深暗吞噬的大地沒帶給她絲毫影響。她不時低頭留意柯維安的速度，眼角覷見了樹叢後正倉皇奔跑的一抹黑影，嘴角揚起譏誚的弧度。

柯維安完全不知道另一邊的樹叢內也有一抹影子在急促逃竄，後方越來越快的塌陷帶給他難以形容的壓力。

好幾次，柯維安幾乎感受到腳下踩空的驚悚，一顆心忍不住伴同尖叫跳出嗓子眼。每每碰到這千鈞一髮之際，喜鵲便會紆尊降貴地減速，降低飛行高度，單手抓拎住娃娃臉男孩的衣領，讓他免於墜入萬丈深淵。

但次數一多，饒是喜鵲也沒耐心了，她彈下舌頭，抬眼掃向樹枝漸稀的半空，隨後少女苗條的身形被白光籠罩。

下一秒，一隻巨大黑鳥直接用腳爪勾住柯維安背包肩帶，將他整個人拎上了空中。突來的懸空感讓柯維安嚇得嗷了下嗓子，緊接著他便反應過來自己被拎上天了。

「我……我的天啊！」柯維安既緊張又興奮地大喊。他低頭俯望，看見大片黑暗將他們原先身處的森林吞得越來越小，眼見就要縮成彈丸之地。

如果不是喜鵲及時出爪，恐怕他就毫無疑問地要宣告出局了。

但柯維安很快地發出一聲驚疑的音節，他瞧見褐綠樹叢裡閃現著一抹搶眼的藍。

「那是……」柯維安立即想起方才以爲是錯覺的尖叫聲。

會跟他們一樣待在這地方的，只有可能是……

「和我們同組的？」柯維安錯愕，「但爲什麼不出來和我們……嗚喔喔喔喔！」

後面的質問柯維安已來不及脫出口，就被一連串不成調的悲鳴取代。

濃密的黑霧就像洶湧海浪般，猛地自前方朝他們兜頭拍下。速度之快，令他們避無可避，只能直直一頭撞入那未知的黑暗裡。

柯維安反射性緊緊閉上眼，臉頰被風吹得生疼。他敢打賭，自己的一頭鬈髮肯定會被吹得比鳥巢還誇張。

危急時刻還能分神想些不相關的事，似乎也算是柯維安的另一種特長。但不待他想像完新髮型，上一秒還抓著他背包肩帶的力量乍然消失了。

「什──」柯維安大驚，雙眼急忙張開。而在這短短時間內，他已姿勢狼狽地趴落在地面上。

這一摔，摔得他有些發懵。他撐起上半身，一時半會顧不上各處的疼痛，怔怔地看著周圍的景象。

黑霧不見了。

森林也不見了。

地面還在，不過卻不再是大自然裡的泥土地，而是鋪著一層暗紅地毯的堅硬地板。掌心下是毛茸茸的觸感，提醒著柯維安這不是自己的臆想，身側忽然的震動讓他馬上轉頭。

綁著多條細辮子的荳蔻少女姿態俐落地從蹲姿改為站姿。正是從飛鳥型態轉回人形的喜鵲。

「喜鵲小姐！」在陌生的環境見到自己的組員，讓柯維安懸著的心登時放下，他連忙爬了起來。

接著，一陣悶響和哀叫打斷了柯維安原本要吐出的成串疑問。

一條人影就像煞不住腳步般撲跌在地毯上，看起來比先前的柯維安還要狼狽，起碼柯維安那時候臉沒有著地。

「嗚嗚……」臉埋在地毯內的少女沒有立即撐起手臂，她雙肩一聳一聳地抖動，似乎是覺得自己這模樣太丟臉，就像被碾過的青蛙。

「還挺像被壓扁的青蛙耶。」柯維安摸著下巴，不自覺地將話說了出來。

「啊啊啊，居然說人家是青蛙！還是壓扁的！」少女猛地抬起頭，悲憤的目光用力射向了柯維安，一雙淺藍色眸子裡還泛著薄薄的淚光。

扣除掉姿勢不美觀之外，那是一名容貌明麗的女孩子。一頭搶眼的海藍色鬈髮在右側紮綁成長長的馬尾，末端呈現挑染般的閃銀，髮結處繫著誇張華麗的花朵髮飾，嘴唇和眼角泛著淡淡的藍，光潔的手臂上還凝著些許冰晶。

柯維安眨眨眼，再眨眨眼。

從少女的那頭藍髮，就能猜出對方是剛剛同在森林逃竄的那人。

重點是，柯維安對那張臉有點印象。

他認得對方。

「右水月!?」柯維安吃驚地指著藍髮少女嚷，「妳是警衛部的新人……和里梨一樣都是堯天的瘋狂迷妹，對吧？」

「堯天？」捕捉到某個人名的喜鵲撇撇唇角，一臉的不以爲然，「和牛郎大人一樣，都是小白臉。」

「啊？妳說什麼？妳剛說堯天什麼？」本來還在針對柯維安的右水月表情驟變，立即惱火地跳起。她作勢要捲起袖子，可發現自己穿的是無袖上衣，只好訕訕地放下手，但仍是橫眉豎眼地瞪著出言不遜的喜鵲，「堯天才不是小白臉，不准妳這樣說他！」

「眞好笑了，妳又是憑什麼對我用『不准』兩個字？」喜鵲唇角一彎，沾染毒液的句子瞬間如子彈射出，「憑妳那顆裝著藍頭髮的草包腦袋嗎？眞不敢相信，像妳這蠢妖怪是和我們一組的？不如一開始就乖乖在森林裡出局如何？這樣正好貼切地符合了『畏首畏尾』這四個字哪。」

柯維安明智地往旁退一步、再退了一步，這位毒舌起來比他的半妖前室友還驚人。怪不得他家小白會說喜鵲的那張嘴巴沒事千萬別招惹，想必這一定是小白深切的經驗之談。

「妳妳妳……」右水月瞪大眼，彷彿不敢相信眼前的細辮子少女一出口就是如此不客氣的嘲諷。她漲紅臉，但眼裡則是淚珠打轉，像是滿腹慭屈又無法發作，「我……」

「什麼妳呀我的。」喜鵲單手扠腰，笑顏看似甜美，實際卻裹著辛辣，「妳是笨到把字連在一起，完成一個句子也不會嗎？」

右水月「哇」的一聲哭了出來。

第五章

有比自己所待的試煉小世界是超級困難版還頭痛的事嗎？

柯維安會說有。

例如同組成員還沒正式合作闖關，一人就先被另一人的毒舌刺激得哭出來。女孩子一哭起來，那可眞的不只是頭痛，對柯維安來說根本是一個頭兩個大了。

一想到他們可是還待在試煉裡，不知道眼前這座豪華大宅會突然冒出什麼，柯維安便不敢在原地折騰太久。

對於右水月，柯維安是有印象的。一來對方是警衛部罕見的女性成員，還是妖怪；二來對方和她的雙胞胎姊姊，同是堯天的粉絲。

可惜同樣都是堯天迷妹，但右水月她們和胡里梨卻不是會交換情報的小夥伴，反倒三不五時爲了搶公會書店裡的雜誌，互相爭得臉紅脖子粗。

簡單來說，是只要看見對方就會哼一聲扭過頭的關係。

——再怎麼雞毛蒜皮的小事，也不要冒險去調解女孩子之間的紛爭，免得到頭來被雙方齊齊砲轟的反而是自己。

柯維安親身體驗過血淋淋的教訓。

因此他才會在喜鵲和右水月針鋒相對時選擇緘默。不過一見到右水月哭了，就不能再放著不管。

柯維安用一本堯天的新雜誌作爲安撫，換來右水月的破涕爲笑。

右水月抹抹淚水，俏麗的臉蛋上重現燦爛的笑容。

「雖然你是變態，但維安你人眞是太好了。」右水月握著柯維安的手，猛力搖晃幾下，「回去後我會和鏡花說，你願意送我們倆堯天的雜誌！」

「是一本，我只送一本，還有我明明是紳士。」柯維安嚴肅地挽救自己的名譽。

「既然是我們倆了，當然是兩本啦。」右水月樂呵呵地笑著，裝作沒聽見柯維安對數字的糾正，「我知道啦，紳士和變態都是同一個意思嘛，你不用特地再解釋了。」

柯維安默默地抹把臉，感覺膝蓋中了好大一支箭。他用餘光瞄了一眼右水月的手腕，同樣的款式，證明了對方的確和他們同一組。

所以……爲什麼要躲在森林裡不出來呢？

這疑問在柯維安腦海盤旋一瞬，隨後被他直接問出口，「右水月，妳一開始怎麼不露面？」

「啊？這……」右水月沒想到柯維安會冷不防問出這問題，像是受到驚嚇般縮了縮肩頭，藍眼睛怯怯地覷向喜鵲，「因爲、因爲……」

「因爲什麼？」

「因爲要徹底向我們展現什麼叫畏首畏尾的嗎？」

「才不是啊！」被喜鵲諷刺一激，右水月頓時沒了怯意，氣呼呼嚷著，「我那、那只是覺得妳眼神太利、太嚇人……我怕、怕鳥不行嗎？」

即使右水月努力想繃住氣勢，但結結巴巴的語氣還是讓她看起來弱了幾分。

喜鵲笑咪咪的，只是明眼人都看得出來，那笑容裡滿是嘲弄。

柯維安不確定怕鳥是不是右水月臨時編的藉口——他和右水月的交情畢竟不夠深入——不過他倒是同意對方的前半句。

喜鵲的眼神一變得銳利，的確挺嚇人的。

爲免右水月被質疑得惱羞大哭，柯維安果斷地轉移話題，「總之，三個人聚在一起就好了。我們趕緊闖關吧，不然時間拖太久，肯定拿不到優勝的。」

「對對對，沒錯！」右水月的注意力果然被轉開，她握緊拳頭，眼底浮上幹勁，「要優勝，我們要拿到優勝才可以，這樣就能許願了。爲了沒辦法參加的鏡花，我會拚命讓它實現的，這可是我們兩人共有的願望，不然的話……」

「不然的話怎樣？」柯維安隨口一問，他用膝蓋想就猜得出來，是跟堯天、堯天、堯天有關的。

「不然的話，只好按照原計畫來想辦法實現願望了。」右水月的藍眼亮得驚人，閃動著接近狂熱的光芒。

柯維安把這解釋爲迷妹的狂熱。

「那麼……」柯維安剛才便利用空檔打量周圍一圈，「喜鵲小姐，我們要先往哪個方向走比較好？」

他們此刻位於充滿歐式風情的豪華建築物內，視野所及的地板都鋪著舒適的紅地毯，水晶吊燈閃耀著華美的光輝；拱形窗戶被垂綴的布簾遮覆，正前方則有兩座大理石曲梯在半空交會，接著各自往左往右連通到二樓。

至於他們的兩側，則是寬敞的走廊，每間隔一段距離就能看見矗立著刻有浮雕的裝飾柱。壁燈鑲嵌在凹槽裡，間接提供照明。

不管怎麼看，似乎都只是一幢非常安靜的屋宅，難以和試煉聯想在一塊。相較之下，不久前森林裡的那場奔逃，還比較像驚心動魄的考驗。

或許因鳥類天性喜高，喜鵲的視線自然地掃向了半開放式的二樓。正當她打算鎖定高處行動之際，本來空無一物的大廳前方忽地湧現幾縷霧氣。

讓人想到牛奶色的白霧，眨眼間匯集成一面公布欄，接著浮現文字及地圖。

「指令……」柯維安雙眼緊盯著公布欄，把上面的字一字不漏地唸出來，「在屋裡收集七把鑰匙，打開七扇門的鎖，通往中央庭院。」

「庭院……是指這裡嗎？」右水月跟著湊上前，手指著地圖上回字形建築的中間，也就是中間小口的部分，「感覺這裡最像了……哎，這裡還畫有一個圈圈，旁邊也寫著字耶……可以去踩，也可以不踩，踩了會有驚喜？」

「聽起來有種莫名其妙的哲學意味。」柯維安沉吟一聲，「也就是說，我們現在要做的就是找出七把鑰匙，打開七扇門……感覺從試煉變成解謎遊戲了。不，等等，如果是老大的手筆，那太可能變成恐怖遊戲了。」

不得不說，柯維安的烏鴉嘴不是一般的準。

他才隨口這麼一說，上頭華美的水晶吊燈霍地暗滅，就連兩側走廊的壁燈也迅速一盞盞熄了。

眼看黑暗就要徹底籠罩這幢屋宅。

就在走廊底端最後一絲光線也要熄滅的剎那間，明亮的黃色燈光猝地被幽綠吞覆。

下一秒，就像燈滅時一般，燈光再次一盞盞飛快亮起，只不過顏色已不同剛剛，皆成爲陰森森的青幽色。

乍看之下，恍如一大片鬼火搖曳。

甚至連高掛頂端的水晶吊燈也完全失了最初的模樣。

沾染暗色痕跡的鐵鍊無風自晃，帶動上方的蒼白燭火。由無數指頭大小的白火聚集的巨大燭台，看起來簡直就像要舉行一場不祥的祭祀。

白霧構成的公布欄不知何時消失了，正前方矗立著七扇暗青色的金屬大門。

柯維安張著嘴，目瞪口呆地望著一秒風格突變的建築物內部。

「呃……」半晌他扭頭，衝著喜鵲和右水月乾巴巴地說道：「還眞變恐怖遊戲了耶。」

「啊！柯維安你爲什麼要烏鴉嘴啦！好的不靈、壞的靈……」右水月哭喪著臉，傷心地喊，「你就不能說點好的嗎？例如少女的逆後宮向遊戲之類的啊。」

「不，相信我，就算我說了，也不可能會出現的。老大除了夢夢露的遊戲之外，最近的興趣都是這種恐怖驚悚遊戲。」柯維安苦著臉，這種陰風陣陣的氣氛實在很挑戰人的心臟。

就算他是半鬼，也不表示他就不怕鬼啊。

屋裡還是一絲動靜也沒有，但這在柯維安眼中看來，無疑是暴風雨前的寧靜。

驀地——

偌大的廳堂裡傳出了「咔」的一聲，像是齒輪轉動。接著「咔咔咔」的聲音持續不斷，猶如無數靜止的齒輪跟著一同運轉起來。

不妙的預感在柯維安胸口迸炸開來。

然後娃娃臉男孩就悲痛地發現，這預感還眞的成眞了。

走廊上的裝飾柱最先出現異樣。

屋內還是大氣華麗風格的時候，柱子上的雕刻走的是精緻路線，充滿植物與幾何圖形。隨著氣氛驟然翻轉，雕刻也跟著徹底變了樣。

細膩的圖紋消失了，覆蓋在柱子表面上的，盡是張牙舞爪的怪物。

而現在，那些怪物紛紛從柱子上掙脫出來，發出危險的咆吼，露出獠牙、展示爪子，並且前仆後繼地朝柯維安他們衝了過來。

當距離越拉越近，柯維安驚恐地發覺到，怪物們越變越大這件事顯然不是他的錯覺。

一馬當先衝在最前頭的那隻，赫然已拔高得超過三公尺了。

倘若它一掌揮拍下來，輕易就能將柯維安拍成肉醬。

「爲了讓神使公會成爲神使幼兒園，我不會這麼簡單就屈服的啊啊啊！」柯維安大叫著，爲自己加油打氣，反手從背包裡拉出筆電，張開的五指立刻探進螢幕深處。

本該是硬邦邦觸感的液晶螢幕，頓如一灘柔軟的水，讓柯維安的手指沒入了。

下一瞬間，蘸滿濃艷金墨的毛筆便如流星般被飛速抽出，散濺的點點金光環繞在柯維安身周，像是飛揚的螢火。

柯維安下筆速度極快，搶在第一隻怪物逼近、雙手高高舉起，似乎想將他當作蒼蠅拍下之前，一串潦草的金色大字已然一氣呵成。

「一筆蓮華——」

沒有任何遲疑，柯維安在即將完成的大字加上最後一劃，勾拉出強勁有力的一筆。

「華光綻！」

耀眼的金黃輝芒霎時拔地而起，迅雷不及掩耳地一路朝前方敵人暴衝，像是勢不可擋的金色大刀，將左邊走廊的多隻怪物劈斬得七零八落。

一出手就使用大招的柯維安扶著和自己差不多高的毛筆喘了喘，然後趕緊又在紅色地毯上補畫幾筆。

若是下一波怪物再過來，起碼會先撞上一堵堅固的障壁。

「右水月、喜鵲小姐，妳們那邊……」柯維安暫時解決來自左方的危險，馬上回頭關心兩名少女的情況，不過話還沒順利滑出舌尖，他就被映入眼內的景象震懾了。

右邊走廊同樣衝擁上一大波怪物，只不過它們連一半的路都還沒走完，就被強制攔下。

泛著銳利光輝的玻璃晶體錯落有致地從紅毯下鑽出，扎穿了怪物的雙腳、身軀。光滑的表面將它們扭曲的表情反射再反射，竟營造出比怪物本身還要駭人的氣氛。

右水月雙手合併，細碎的華光似星子流轉，頃刻間便形成了一面大鏡子，同時走廊兩側牆壁旁亦浮出多面小鏡子。

大小鏡子中的鏡像交錯重疊，讓人幾乎被炫花了眼。

右水月猛地將手中的大鏡子往地面一砸，清脆的聲響炸裂，卻沒有見到大小不一的碎片一同飛出。

發生奇異變化的是走廊上的那些怪物。它們的腳底板倏地漫出晶體，沿著皮膚，很快就將它們的下半身封凍在結晶之中。

幽青的鬼火靜靜燃燒，將走廊這一幕景象映照得越發可怖……

「哇喔……哇喔……」柯維安驚歎地低嚷，「這是冰，還是……」

「是鏡子。雖然有的不像，但本質都是鏡子。」右水月抬手抹抹額際的汗水，有些得意地仰高臉，「我可是鏡……鏡妖和冰妖的混血嘛。鏡子相關的法術對我來說都是小兒科，這下那隻鳥可不能小看我了吧？」

預期中的毒舌並未響起。

柯維安和右水月愣了一下，連忙齊齊轉頭。

後方竟是空無一人，喜鵲原本的位置，如今只剩幾根烏黑的鳥羽。

「不、不見了!?」右水月驚慌地瞪圓眼，「難不成有人趁我們不注意的時候……」

一聲悠揚的口哨截斷了右水月未完的猜想。

柯維安和右水月反射性循著聲音抬頭向上望，瞧見一抹人影自二樓欄杆後探出頭。

「分頭找鑰匙去吧，我從最頂層找。記得帶上自己的腦子。」喜鵲眉眼彎彎，白瓷般的臉蛋上漾著笑意，「噢，如果你們有的話。」

交代完事項，喜鵲的腦袋又縮回了欄杆內側，任憑柯維安兩人再怎麼拉長脖子，也看不見那抹纖細的藍影了。

「她就這樣……就這樣自己先跑走了？」右水月一臉呆然。

「我猜是飛走。」柯維安說。

「也是喔，她有翅膀……」右水月傻傻地點頭，旋即回過神來震驚喊道：「等等，她就這樣把我們拋下了!?」

「也不能算拋下，是要我們大家分頭行動。分頭行動我是沒問題的啦，就是……」柯維安耷拉著肩膀，沉重地吐出一大口氣。

右水月起初還不能了解柯維安的心情變化，不過等她想到分頭行動就是各自往不同方向走，而上頭已經有喜鵲了，剩下的左右兩條路顯然要落到他們頭上，她的一張俏臉也垮下了。

鋪著紅地毯的長長走廊上，此刻散落著怪物的斷肢殘體，還有一尊尊封凍一半的怪物。

柯維安和右水月苦著臉，看著各自製造的殘局。

早知道待會還要走過去，他們就不會弄成這幅亂七八糟的模樣了啊……

柯維安原以爲胡十炎和西山妖狐們，是準備了一個恐怖遊戲來招待他們。

不過在獨自奮戰幾十分鐘後，這個念頭已經被他整個扭轉。

這哪是恐怖遊戲？

這應該說是怪物遊戲還差不多好不好！

柯維安覺得這話一點都沒誇大，自從和喜鵲、右水月分頭行動、搜尋所謂的鑰匙後，他一路上除了層出不窮的陷阱——他的衣服和褲子要是再多經一些折騰，就要破爛得解體了，他可不想在小世界裡當眾遛鳥的——遇上最多的就是，怪物。

各式各樣，造型堪稱百變的……

怪物。

也許加上「們」字更恰當。

柯維安在內心詛咒一百遍將《怪物百科全書》介紹給胡十炎看的安萬里，不過轉念再一想，安萬里現在大概也吃足苦頭，就讓他的心情稍微平衡了點。

「但是……」柯維安抓緊毛筆，對著只有自己一人的走道用力吶喊，「還是很過分啊啊啊！老大，怪物尺寸超規格了，爲什麼就不能像你的身高一樣，平易近人、增加親切感呢？」

有著滑膩娃娃魚身體，卻長著八隻腳的龐大怪物張開嘴巴，發出了尖細的叫聲。那密密麻麻的牙齒則如鋸齒般，教人看得怵目驚心。

柯維安衡量了下彼此的體型差，再評估一下雙方的距離，他果斷乾脆地加快速度。待近得幾乎能聞到對方身上散發的腥味，他身子猛地下壓，直接採用滑鏟的姿勢，從怪物與地板間的空隙快速通過。

雖說怪物的肚腹就這樣無防備地暴露在視野內，但因爲高度太高，柯維安放棄將筆尖捅進對方體內，順勢拉開一口子的想法。他靈活地從地面跳起，將難以轉身的怪物拋在後方。

「鑰匙、鑰匙……」嘴巴上習慣性地叨唸，柯維安不時東張西望，搜尋可能藏有鑰匙的角落。

依照他記憶中的空間位置圖來看，這地方就是以回字形來建造，中央庭院剛好被走廊包圍在其中，是棟五層樓的大型建築物。

二十分鐘前還是豪宅，二十分鐘後則是怪物樂園。

噢，對怪物來說的樂園。

自己則是在巡視到二樓時，險被怪物叼著玩的玩具。

柯維安剛轉過這念頭，霍地感受到頸後一陣不尋常的腥氣吹上了他的髮尾和脖子。一股子顫抖瞬間竄上，引得雞皮疙瘩一起排排站。

不祥的預感在心中猛烈蹦跳，柯維安一咬牙，心一橫，想著早死早超生，以幾乎能扭傷脖子的力道轉過頭。

撞入視野內的，是娃娃魚頭部的大特寫。

嘴巴大得一口就能輕易將他的腦袋吞進去。

柯維安一口氣險些哽在喉頭，他和那顆魚頭大眼瞪小眼了數秒，接著淒厲的慘叫聲迴盪在整條走道間。

「啊啊啊啊啊啊啊——」柯維安花容失色地尖叫著，一張娃娃臉白得毫無血色。他就像蹬起雙腳的兔子，拚了命地往前狂奔。

後方是追上來的八腳娃娃魚。

「不科學……這不科學啊啊！」柯維安撕心裂肺地吶喊，「哪有尾巴也可以變成頭，還長出眼睛、嘴巴、牙齒的娃娃魚！」

以怪物的龐大身軀，要在走道轉身的確不太容易，可柯維安萬萬沒想到，對方居然直接來個頭尾調換。

直接讓尾巴長出五官了！

渾然忘記這個小世界早就遠遠超出科學範疇，柯維安哇哇哀號著，腳下速度絲毫不敢放慢。

就算不會眞的死……但被一隻娃娃魚吞進去，誰知道到時候會怎麼出來啊！柯維安絕對、絕對不想要自己是跟著魚大便一起被拉出來的。

這樣親親小白肯定一個月都禁止自己靠近他身邊半公尺。

似乎嫌柯維安被相貌駭人的怪物追逐還不夠，燃動幽青火焰的走廊忽地傳出了異響。

聲音是從天花板來的，讓柯維安下意識仰高頭，張大的嘴巴不由得閉上。

一根根足足有手臂粗、不知是什麼材質的柱子，就像落雨似地一口氣落下。

柯維安實在怕極了其中一根柱子會穿進他的嘴巴裡。

後有八腳娃娃魚窮追不捨，上有漫天粗柱灑下，對自身敏捷度有深刻認知的娃娃臉男孩不敢托大，手上的毛筆立即往上揮畫。

金色古字連接成大面積盾牌，將柯維安的身影緊緊掩護住。

聽著接連不斷的「咚咚咚」聲音，他的一顆心也跟著劇烈地咚咚跳；用眼角餘光掃向後方，期待怪物最好被柱子砸得七葷八素，或乾脆變作串燒就更好了。

只是現實往往打擊人。

八腳娃娃魚不但沒有被來自天花板的突襲傷害，甚至那些柯維安以爲的柱子一落到地面，竟冒出了四隻腳，頭尾兩端漲大，形成宛如八目鰻的恐怖嘴巴。

「靠靠靠靠喔！」柯維安現在眞是恨死安萬里了，「狐狸眼的你到底是爲什麼要借《怪物百科大全》讓老大增加這種無意義的創意啊啊啊！」

眼看後方從一隻大怪物變成大小怪物混雜的怪物軍團，柯維安急得滿頭汗。瞥見斜前方出現一扇房門，沒有多加考慮，三步併作兩步，便像陣小旋風般衝進了房間裡。

房門被他大力關上、反鎖，順便在門板補上了幾道金艷艷的筆劃，以臨時結界加固。

門外可以聽見雜亂的奔跑聲呼啦啦地跑過去，地面還震晃了幾下。

柯維安緊抱著毛筆，盯著門板，就怕那些怪物去而復返。

半晌過去，躁動聲越來越遠，終於模糊一片，顯見怪物們確實遠去了。

柯維安放鬆緊繃的身子，喘了一大口氣，這才有餘力好好打量自己匆忙閃入的房間。

和陰森森的外頭相比，這個房間整潔得異常，且富有女孩子氣息。

看著那擺滿玩偶的木櫃，粉紅色的壁紙，還有那張垂著紗簾的四柱大床，柯維安第一個反應是——

這是屬於女孩的房間。

不過他隨即想到同樣有著粉紅色房間的一刻，頓時又不確定房間的主人是男的還是女的了。

「拜託別再來怪物了……」柯維安嘴上唸唸有詞，眼珠子滴溜轉，視線開始四處搜尋。

他在一樓巡視時進入過幾個房間，雖然布置挺嚇人的，但也在其中一間找到一把刻著數字「1」的鑰匙。

不曉得這裡會不會藏有第二把……柯維安繞著房間各處翻找，包括床底下也沒放過。

但什麼都沒發現。

包括預想中的伏兵，也完全沒有跳出來攻擊。

這實在太正常了點。

偏偏在這異常的環境裡，正常反倒就是最大的異常。

柯維安心中的警報小雷達拚命大響，催促他盡快離開這個看似無異的房間。

他向來相信自己的直覺，當下果斷放棄深入搜尋，扭頭就想解開施加在門上的結界。

但房門比他快一步先消失了。

沒錯，真的消失了。

先前還鑲著門板的位置，這一秒赫然成了貼著粉紅壁紙的牆壁。

柯維安像是後腦挨了一記悶棍，呆傻了數秒。

而在這短短的幾秒之間，便足以發生更多的變化。

房間的布置正在改變。

古怪的暗紅色以奇快的速度侵蝕房間的天花板、地板，以及四周牆壁。詭異的皺摺一條條出現，那大片的暗紅色調甚至還發出宛若呼吸般的脈動。

一起、一伏。

一吸、一呼。

柯維安屏著氣，戰戰兢兢地伸手往最近一面牆壁一摸。

溫熱滑膩的觸感傳來，和冷冰冰硬邦邦的建材截然不同，那更像是、更像是……

某種生物的腔道。

第六章

柯維安起初還不信邪，摸了又摸，再摸好幾下。

當再眞實不過的濕熱度透過掌心傳遞到神經，鼻間還嗅到淡淡的腥臭味，他終於確定了一件事……

這眞的，是活的。

「靠靠靠！我靠啊！」柯維安刷白一張娃娃臉，立刻拔腿衝向還未被暗紅吞噬的唯一一扇對外窗。

似乎察覺到娃娃臉男孩的意圖，暗紅侵蝕霍然加快。

柯維安瞳孔收縮，極力探出的手還來不及碰觸到窗框，那給人黏膩印象的色彩已然覆蓋上窗戶。

很快地，就連木櫃、梳妝台、四柱大床也都像爛泥一樣地融進地面……

此時柯維安所在的這個空間，已全然看不出曾是整潔夢幻的少女閨房，暗紅的壁面逐漸蔓延出一條又一條的血管。

當血管開始收縮膨脹，柯維安直覺大事不妙了。

果然，這個已經變成某種生物腔道的空間竟然在緩緩地蠕動。暗紅的肉壁從四面八方往中間擠靠，還有汨汨冒出了滑黏的液體。

一滴液體墜下，落在柯維安的肩頭上，馬上讓那片布料被蝕出一個小洞。

柯維安爆了聲粗口，連忙閃避自天花板不斷滴落的液體。他急得掌心冒汗，放眼望去絲毫找不到出口，除非自己強行破開……

破開！

這兩字如冷水澆淋，讓柯維安乍然從焦灼中清醒過來。

沒錯，套句他家小白常說的：既然沒有路，那就自己弄一條路出來！

柯維安眼中亮起熠熠光采，毫無遲滯地將毛筆往地面一摁，隨即一氣呵成，揮毫出繁複的古字。

待最後一筆完成，書寫在暗紅壁面上的大字剎那間大放光芒。

金耀的字體一層層浮上半空，重重疊在一起。

直到金光幾乎灌滿整個腔道，柯維安拉開大大的笑容，眼神卻銳利如箭，手上的毛筆瞬間亦如張弓飛射的箭矢，迅雷不及掩耳地對準金字中心——

射擊！

在柯維安聽見炸裂聲的同一時間，暗紅空間跟著重重震晃一下。

原本是窗戶的那處角落被炸開了一個窟窿，幽青色光源頓時流洩了進來。

不久前還覺得陰森的青光，現在卻讓柯維安大感親切。

彷彿知道獵物即將逃脫，四方壁面壓擠的速度大幅加快，空間急速地縮小再縮小，連剛開出的那道洞口也受到影響。

「靠！還眞的想吃了我啊？想都別想，我的人生裡完全沒有成爲別人消化物或排泄物的計畫！」柯維安手腳並用地迅速脫出，重新回到青火森森的走廊裡。

至於那個被他粗暴打開的出口，不用片刻，便被擠迫得閉合成窄隘的縫隙，接著完全看不出痕跡了。

柯維安劫後餘生地大吐一口氣，低頭一看自己現在的模樣。

脫逃途中，他的身上不可避免地蹭到一些液體，使得衣服開了幾個洞。災情最重的則是褲子，其中一條褲管已經和洞洞褲差不多了。

「這新造型還真是一言難盡……」柯維安撓撓臉，思索著是要乾脆裁掉一截褲管比較好，或是保留原樣。不過想到這種場合還露出一條白花花的腿……感覺挺像變態的。

摸出塞在口袋深處的一號鑰匙，柯維安面臨了新煩惱。

假如接下來的房間都是這種請君入怪物肚腹的類型，在尋找鑰匙上就必須承擔更大的風險了。

一來是時間更加緊迫；二來是出入口的門窗還可能隨時消失，必須自己設法……！

柯維安雙眼驟然睜大。

想到自己剛才破開的出口。

想到公布欄上所謂的指令。

「我的天啊，我真是笨蛋！」柯維安猛地重重拍上自己前額，「居然被文字遊戲給繞進去了……」

公布欄上的指令是收集七把鑰匙，打開七扇門，通往中央庭院。

可是，也沒人規定非要以這種方式才有辦法到達中央庭院。

就算門打不開，也可以破門而入。

甚至破牆而入也是可以的。

就像稍早前自己做的一樣，沒有路就自己創造一條路。

「得通知喜鵲小姐她們才行！」柯維安迫不及待地摸出身上的手機，但才剛按下數字鍵，就意識到兩個問題。

一個問題是，他還沒有喜鵲的電話號碼。

另一個問題則是，手機沒有訊號。

柯維安只好收起手機，他苦惱地抓著頭髮，想著要怎樣才能在最短時間內讓組員知道這個發現。

縱使這座建築物不像迷宮般令人髮指，可佔地卻異常廣大，就算想大聲呼喊，只怕聲音也進不了對方耳內。

科技的聯繫是不可能了，那不科學的方面呢？

柯維安眼睛倏地一亮，腦內像有顆燈泡陡然發光。

「天啊，我又覺得自己是天才了！」

拜這幢建築物是簡單的回字形構造所賜，柯維安沿著原路折返，沒多久又回到了樓梯口。

由於一樓大廳挑高至頂層，從二樓欄杆探出頭往外看，就能將上下兩方收入眼裡。

柯維安抓著欄杆望了望上下樓層，雖沒有自己以外的身影，倒是能隱約聽見一些響動，只是仍不足以判斷喜鵲和右水月身在哪一樓。

「總之先試試吧。」柯維安取出筆電擱在地毯上，打開的螢幕散發著冷光，再將毛筆往螢幕裡一戳。

似水漣漪登時自螢幕上圈圈晃出，帶著金燦粼光，彷彿毛筆探入的是金色潭水。

默數著一、二、三，柯維安俐落抽出毛筆，飽滿的筆尖一看就是吸蘸了足夠的金墨，好似只要隨意一動，就會滴下墨汁。

柯維安心裡其實有一絲不確定，接下來要使出的，是他近期才開發出的新招式，就怕過程出現差錯。

但這抹不確定轉眼就被柯維安果斷拍扁，他做了個深呼吸，透出青稚氣息的面龐浮現堅定。

不再猶豫，柯維安提筆在半空中書寫，稍嫌潦草的一行墨字迅速成形。

下一秒，柯維安大力摁下筆尖，「去！」

聽從柯維安命令、凝成實體的「不用找鑰匙，一樓大廳集合」的金字分離成多層，每一層都像薄薄的金色大符，彈指間便「颼」地朝不同樓層走廊竄飛出去。

等待金符通知夥伴的空檔，柯維安也沒浪費時間，東西一收，毛筆縮成一圈金光環在手腕，翻過欄杆，就往一樓大廳一跳。

或許是一連串使用神力消耗了不少氣力，加上先前不斷被怪物追著跑，柯維安一踩上大廳地板後頓時晃了晃，幸好及時穩住身子，才沒往後栽倒。

雖說金符成功發送出去了，不過要等多久才能讓喜鵲和右水月看到，柯維安心中也沒個底。

他抬頭左右張望，爲免等待時再度碰上突如其來的怪物或陷阱，逼得他無法待在原地，他手指朝虛空一劃，腕上的金色手環瞬間回復成毛筆型態。

柯維安握著毛筆，繞著大廳跑了一圈，留下一圈金燦燦的墨漬。

等到兩端墨漬接連在一起，娃娃臉男孩也像體力耗盡，一屁股就往地毯上坐，大口喘著氣。

對於自保手段，柯維安多少還是有信心的，起碼暫時不用擔心人身安全。

柯維安將毛筆往腿上一擱，雙眼認眞盯視著矗立在前方的七扇大門。

看材質像金屬，色澤是暗青色，在搖曳的青黯火焰照射下，無端生出陰森的感覺。

就好像一旦推開眼前的門，迎來的會是駭人的景象……

柯維安不是沒想過先嘗試開門，可惜他現在就像從水裡撈上的魚，汗涔涔的、手腳還發虛，得休息一會才有可能再凝聚出一次強而有力的攻擊。

「畢竟我是頭腦派，不是體力派嘛。」柯維安自言自語地說，倒也不覺得難爲情。他向來了解自己的短處，不會特意逞強行事。

好在等待的時間並沒有太久，甚至比柯維安預期的還要快。

就在他的腦內妄想——將公會同事的年齡變小、幼化，換上可愛的衣服——才剛進行到百分之六點五的時候，兩條人影一前一後自上方疾速落下。

率先落地的是喜鵲。

細辮子少女簡直像道黑色閃電，猛地便闖進柯維安的視野內。

柯維安前一秒還只覺得黑色侵入眼底，下一秒已發現喜鵲站立在面前。

喜鵲的模樣顯然比他好得太多，僅僅是外衣上有幾道裂口，整個人就像一桿鋒利的長槍，散發著凜凜銳意。

接著落地的則是右水月。

藍髮少女的馬尾散了，沒有被冰晶覆蓋的肌膚被傷口佔據，看起來和柯維安差不多狼狽，就連站定後還能聽見她急促沉重的呼吸聲。

「我看到了。」喜鵲不拖泥帶水地說，「鬈毛矮子，說出你的辦法。」

「辦法？不是要收集七把鑰匙……」右水月將散開的頭髮綁好，困惑地問道：「維安，你收集到幾把了？我只找到一把而已……」

「我也只找到一把。」柯維安爬了起來，「不過重點從來就不是鑰匙，我們是下意識被那道指令牽著鼻子走了。喜鵲小姐、右水月，妳們想想，指令只說收集完鑰匙能打開門、到達中庭，但也沒說非要鑰匙才有辦法到中庭啊。」

右水月飛快回想，發覺的確正如柯維安所說。

「也就是說……不用鑰匙也能打開門了!?」一被指出盲點，右水月也迅速反應過來。她亮起雙眼，動作比其他兩人還要快，一個箭步就朝並立在一起的暗青大門跑去。

然而金屬門把不論怎麼轉，都無法順利一轉到底。

顯示門確實是上鎖的。

「還是打不開啊……」右水月失望地回過頭。

「不是，我還沒說完……」柯維安撓撓臉頰，沒想到右水月會像顆砲彈般突然衝出去，「我的意思是……」

「意思就是，沒帶腦子的小丫頭可以閃到旁邊去嗎？」喜鵲笑容甜美地彎起唇角，但眸光卻讓右水月不自覺背後一寒。

右水月氣惱地想抗議自己當然是有帶腦子的，可是想到對方的身分，想到那像淬了毒液的伶牙俐齒，她便鬱悶地退了開來。

剛剛的教訓讓她深切體會到，就算有十張嘴巴也講不贏一個喜鵲，更遑論是兩人之間實力的差距。

「喜鵲小姐……」柯維安隱約猜出喜鵲下一步動作。

「離我遠一點，不然少了胳膊或是哪裡，喜鵲我可是不管的。」喜鵲抬手打斷柯維安未盡的話語，她的嗓音如歌唱，如銀鈴響動。

就在這份悅耳話聲落下的同時，喜鵲背上的黑翅倏地伸展開來，霎時遠遠超過了一臂之長。每根羽毛都黑得發亮，邊緣透出金屬特有的凌厲堅硬光輝。

柯維安和右水月本能地感應到危險，連忙退至翅膀碰觸不到的範圍外，他們誰都不想要親自領會那些鳥羽究竟有多鋒銳。

喜鵲看也不看後方兩人，那對巨大羽翼下一秒就如鐮刀揚起，再飛也似地斬劃出數道利光。

柯維安他們努力張大眼，可還是追不上喜鵲的動作。

待他們再定睛一看，發現包括門板在內，前方牆壁已鑲嵌著多道深深的裂痕。

喜鵲翅膀驀地又是一動。

黑影伴隨著利光，在柯維安他們眼前交錯。

接著喜鵲悠然走上前，一腳踹上布滿裂痕的牆壁其中一點。

在一般人想像中，即便那隻纖細的腳如同鞭子般，快狠準地踹上牆壁，可那麼厚實的壁面也不可能會被撼動才對。

偏偏牆壁真的動了。

大面積的壁面以笨重緩慢的速度向後方坍倒下去，只剩七扇門仍屹立著，形成一幅奇妙的畫面。

直到砸出一聲重響，柯維安和右水月才回過神來，他們倆差點就要忍不住地為喜鵲拍手鼓掌了。

和屋內陰森詭譎的氣氛完全不同，一牆之隔的中央庭院灑滿金澄的日光，隨處可見充滿生命力的綠意。

屋內、屋外恍如兩個迥異的世界。

這讓剛剛見到太多怪物的柯維安不由得想揉揉眼，轉換的風格太過劇烈，讓他一時還以為生出了幻覺。

喜鵲大步流星地走出屋子。

見狀，柯維安和右水月急急跟上。

中央庭院比想像中來得大，青碧的植物恣意生長，大多是花叢和矮樹叢，最高不過到柯維安他們腰間。地面整齊鋪著石磚，每隔一段距離則能見到造型古怪的石像鬼。

大略看下來，石像鬼的數量沒有破百也有近百。

一瞧見那些相貌猙獰的雕塑，柯維安心裡立刻產生了「果然如此」的感覺。他可以用自己的腳毛打賭，要不了多久，那些石像鬼就會活過來，然後追著他們滿庭院跑。

這可是恐怖片裡最常出現的橋段。

也許是小世界這次不想順柯維安的意，三人走了一會，中央庭院絲毫不見異變。

柯維安訝異，「居然猜錯了嗎？我還以爲這些石像鬼會……」

「呸呸呸！維安你不要亂說啦！」右水月忙不迭地搶過話，就怕對方烏鴉嘴，又是好的不靈、壞的靈。

思及自己之前不小心一語成讖，柯維安嘿嘿傻笑，吞回了剩下的句子，另開話題。

「我們要不要直接去地圖上畫圈圈的地方看看？備註寫著可以去也可以不去，去了會有驚喜……會不會那就是闖關的關鍵之類的？不然無緣無故的，應該不會要我們特意來這裡，對吧？」

「我去看看。」喜鵲認同了柯維安的想法，背後黑翼一拍，纖細的身影即刻浮空，轉眼便到了高空處。

在綠色和灰色相間之下，中央庭院像是一張碩大的棋盤。

喜鵲眼力極佳，她瞇眼掃視著下方，一下便捕捉到欲尋找的目標。

在柯維安他們所站之處的斜對角，有座圓形的石台踞立在那。

石台上還有幾圈黑線，從高處看下去，乍看之下有幾分像是標靶。

「在那邊。」喜鵲稍稍降低高度，手臂朝石台的方向一揮。

柯維安和右水月會意，馬上要朝著那處奔去。

可說時遲、那時快，中央庭院——

異變陡生！

所有不動的石像鬼，刹那間，動了。

它們的脖子扭轉向同一方位，發出「咔嚓咔嚓」的聲音。

一雙雙如銅鈴大的眼睛霍地燃起青幽的焰火，瞬也不瞬地注視著剛邁出步伐的兩名年輕人。

「不是這樣玩我們的吧……」柯維安抽了口氣，「就不能當個安靜的裝飾品嗎？」

「維安，結果你還是烏鴉嘴啊……」右水月哭喪著臉。

很顯然地，石像鬼並不打算當安靜的裝飾品。

它們像猛獸般盯住獵物，然後齊齊發出咆哮，從佇立的石座上跳了下來。

「啊啊啊啊啊啊！」柯維安和右水月有志一同地放聲尖叫。

從喜鵲浮立的地方往下看，只見到大片石灰色身影洶湧地朝角落兩人圍過去，像一片灰色的浪。她彈了下舌，不想再浪費時間。

就在娃娃臉男孩和藍髮少女反射性準備迎擊之際，空中落下了清脆悠揚的聲音。

「死命地跑，還有顧好你們的腦袋。」

什麼……突如其來的指令讓柯維安、右水月怔了怔，只是高處那抹人影已不再給他們更多回應。

右水月下意識看向柯維安。

「跑！」柯維安當即做出定奪，放棄和那些石像鬼硬碰硬，順著喜鵲的意思，直接往目的地一路狂奔。

只是柯維安他們不攻擊，不代表石像鬼便沒有動作。

那些像獲得生命力的猙獰雕像亮出了鋒利的爪子，有的還張大嘴巴，吐出長長的舌頭像是舞動的長鞭。

柯維安兩人想方設法地在重重包圍中尋找出路。

他沒忘記喜鵲所說的「顧好腦袋」，一邊賣力奔跑，一邊抓著毛筆倉促地往兩人頭頂上一畫，弄出一面簡易的金色防護盾。

就在這時，人在高空的喜鵲彷若隨意搧了搧漆黑的羽翼。

一下、兩下、三下！

毫無預警，喜鵲就像束閃電，迅雷不及掩耳地俯衝下來，張開的雙翅越來越大、越來越大，幾乎遮蔽了天幕。

日光被擋住，大片陰影籠罩在中央庭院上。

石像鬼們似乎察覺到異常，微頓腳步，不約而同地仰頭向上看。

就在這瞬間——

巨大的黑色翅膀霍地收攏又再大力張開，數也數不清的暗色鳥羽頓如驟雨落下。

這是一場鋒利又致命的急雨。

堅硬度勝過金屬的羽毛，接連不斷刺穿了底下的石像鬼。

只不過一眨眼，那些灰色石像便密密麻麻地扎上了大量細長黑羽，遠遠看有如一隻隻刺蝟。

隔著金墨畫出的防護盾，柯維安和右水月沒受到任何傷害，但這驚人的一幕看得他們瞪圓了眼、張大了嘴。

如果說他們的戰力如同持槍步兵，那麼喜鵲壓根是坦克車，直接把敵人輾壓過去。

喜鵲拍拍翅膀，高度再降低了一些，然後那兩片宛若凶器的黑翼無預警一旋，風刃般的氣流隨即掃射出去，將和刺蝟沒兩樣的石像鬼當場解體了。

大量石塊「嘩啦」垮了一地。

柯維安看得小心肝不禁怦怦跳。

右水月再次體認到，和喜鵲硬碰硬對上，是多麼不智的事實。

「幸好……」右水月拍拍胸口。

「還不動你們沒用的腳嗎？」喜鵲輕盈地降落在草地上數公分之處，嫌棄地睨了看呆的兩人一眼。

「啊……啊，好！」柯維安解開防護盾，抬腳跟上。

沒想到就在這剎那，不知從何處竟撲出了一隻半碎的石像鬼，獠牙和爪子在日光下折射出危險的光輝，眼看就要撕上喜鵲無防備的後背。

「喜鵲小姐，小心！」柯維安緊張大喊。

喜鵲連頭也沒回，一邊的黑翼像鐮刀般揮出，立刻收割了獵物。

那隻石像鬼不單倒楣地被削開了大半身子，剩餘部位還被當成球般隨意扔開。不偏不倚，扔中了柯維安，砸得他膝蓋一軟，直直跪了下去。

柯維安苦中作樂地想，這也算是為喜鵲送上膝蓋，對她的勇猛跪了吧？

不過……

「右水月，拜託拉我一把行嗎？」柯維安苦哈哈地尋求協助。

右水月從呆若木雞中回過神，連忙小跑步上前，將柯維安一把拉了起來。

沒有了石像鬼從中阻撓，柯維安等人輕易穿越了中央庭院，來到位於斜對角的圓形石台。

當他們的腳剛踩上去，一陣白光冷不防冒出，竟徹底吞噬了他們的身影……

第七章

惠先生從來沒想到，獨自一人待在小世界裡也會遭到飛來橫禍。

也不知道是不是特意的安排，身爲部長之一的他並沒有遇上其他組員，這個地方就只有他自己。

噢，還有層出不窮的敵人和層出不窮的陷阱。

果然正如胡十炎最開始說的，這回的試煉活動確實下了大成本，根本是西山妖狐的幻術大放送。

過於逼真的虛幻如果無法勘破，那麼就會成爲眞實。

不過這對惠先生來說還不算難事，身爲專門負責公會大樓警備的警衛部部長，要是連這種事都解決不了，那麼他的位子也可以換人坐了。

沖天的黑焰像是猛獰的凶獸，張牙舞爪地撕碎了如潮水湧來的一波波敵軍。隨著惠先生每往前踏出一個腳步，黑焰就越發猛烈悍然。

更多漆黑焰火從他腳邊旋綻而出。

那是危險又不祥的黑暗之花。

惠先生的西裝外套不久前被他脫下，夾在了臂彎間，襯衫袖管挽至手肘處，露出結實的手臂。他慢慢摘下墨鏡，一雙詭譎的黑眼白瞳就這麼顯露在外。

「還是一次解決吧。」惠先生說，「小窈竟然和隔壁明明去約會，這讓我實在不怎麼開心。」

話聲方歇，環繞在惠先生周圍的闃暗火焰霍地從盛綻的黑花縮蜷得越來越小，就連方才恣意強悍的黑獸也疾速退回，所有火焰猶如被無形的力量一口氣壓縮到極致。

然後，再猛然爆發開來。

「轟」的一聲，壯麗的漆黑大火頓如瘋狂的海浪，朝著圍困惠先生的妖怪迅急衝去，頓時如摧枯拉朽般，將它們一舉擊倒。

僅僅是彈指間，所有敵人便灰飛煙滅。

惠先生滿意地點點頭，重新戴上墨鏡，覺得這樣的自己真帥。可惜老婆、女兒都不在，沒辦法欣賞到他的英姿。

「下次再碰到敵人，是不是該嘗試錄個影，好帶回給親愛的看？」惠先生認眞摸著下巴，「想讓她和小窈再次體會到我有多……」

「帥」這個字還來不及說出口，惠先生就遭到飛來橫禍了。

或者說——

天降災難。

「啊啊啊啊啊啊啊啊啊啊啊啊啊啊啊——」

尾音分岔的淒厲慘叫猝不及防地從天砸下，伴隨而來的還有重力加速度下造成的驚人力道。

堂堂的警衛部部長下一秒就像被壓扁的青蛙般趴在地，腰背上則跌坐著兩個重物。

惠先生瞬間以爲自己的五臟六腑都要被擠出來了，他發出幾聲不成調的呻吟，覺得同時聽見骨頭也跟著發出了「咔咔」的抗議聲。

究竟是什麼……

惠先生咬牙切齒，墨鏡後的瞳孔遽然收縮，掌心間隱隱泛起高溫。模糊的黑影恍如隨時會成爲實體焰火，不客氣地席捲向破壞他英姿的傢伙們。

如果不是惠先生聽見熟悉聲音——

「我的天啊……我還以爲我屁股會摔爛……」屬於男孩的聲音語帶驚奇地說，「是我前兩天有多替師父燒香的緣故嗎？果然是有拜有保佑啊！」

「嚇、嚇死我了……」一聽就能辨認出是少女的聲音驚魂未定地說，「這種毫無心理準備的自由落體……我的心臟簡直要跳出來了，還好這裡的地板有貼心地鋪上軟墊，還挺厚實飽滿的，觸感不錯。」

厚實飽滿指的是我的屁股嗎？那明明該叫結實有彈性！惠先生不敢置信地在內心咆哮，更不敢相信自己這把年紀，竟然要被年輕女孩摸屁股。

還沒等惠先生氣急敗壞地發出怒吼，一串銀鈴般的嗓音率先落下。

「啊啦啊啦，喜鵲我好像看過你的臉。」黑色的鞋尖在離地數公分的位置懸浮著，「織女大人有說過，不過我不記得名字，畢竟任何人的名字在織女大人的華麗光芒籠罩下，無異是與日月爭輝。」

惠先生感到一口老血好像哽在喉頭處。

這意思也太直白了，不就是織女以外的名字實在沒有被記住的價値嗎？

惠先生是有聽說過喜鵲對織女的忠誠和狂熱，可他眞的沒想到，事實比聽說的還要誇張太多。

但讓惠先生更加鬱悶的，是身上重物的反應。

聽到喜鵲的話，還沒意識到自己坐在什麼上面的柯維安和右水月反射性低頭一看，隨後爆發出驚叫。

「啊啊啊啊！我居然坐在惠先生身上！我比較想要小白啊啊啊！」柯維安就像貓咪被踩到尾巴般立即跳離。

「咿啊啊啊啊！對不起啊啊啊！」右水月的反應就更劇烈，如同被火燒到了屁股，身子飛也似地彈開，「部長，拜託你不要扣我津貼！」

惠先生超級想磨牙。就算先前被壓得一口氣險險緩不過來，但這兩個兔崽子活像是見鬼的態度……

可惡，好生氣。

但還是要保持風度。

惠先生先是推推歪了一邊的墨鏡，再打算從容不迫地撐起身體。然而他剛一挺腰，耳邊就聽見「咔嚓」的聲響。

惠先生僵硬地維持著姿勢不動。

「惠先生?哈囉?」察覺到不對勁的柯維安納悶地朝像在做伏地挺身，但不知爲何靜止不動的惠先生揮揮手，「惠先生，你這姿勢不累嗎?」

「……累。」惠先生幾乎是磨著牙擠出聲音的。強忍著腰部肌肉和背肌傳來的驚人痠痛，他咬緊牙根，豁出去地再一動。

然後又是一聲。

惠先生這下能肯定、確定，自己閃到老腰了。

「部長，你、你還好嗎?你是不是……呃，哪裡受傷了?」身爲女孩子的右水月比較細心，擔憂地問。

「不會吧?惠先生……」柯維安吃了一驚，「你眞的受傷了?難道是傷到什麼不可描述、無法光明正大在女性面前說出的部位嗎?」

雖然嘴上這樣詢問，但柯維安的一雙眼睛偏偏朝惠先生的下半身瞄去，未明說的意思倒是不言而喻了。

要不是閃到腰，惠先生絕對會抓著柯維安一頓胖揍。

「剛剛是誰壓、到、我的啊？」惠先生惱火地說。

「啊哈哈……」柯維安撓著臉，打哈哈地笑。

「對不起，部長……」右水月怯怯地舉起一隻手。

「……算了。」惠先生也不是眞的想和自己的下屬計較，況且在試煉裡本就什麼事都可能發生，只是這無妄之災實在太慘烈了，「你們怎麼會到這來的？」

問題一說出口，惠先生自己也滿腹不解。

照理說，每組分到的都是不同的小世界。從柯維安他們戴著的手環來看，很明顯絕非是自己的組員。

「我們的小世界有顯示一張地圖，上面有個畫圈圈的地方。」柯維安解釋，「我們踩上那裡，接著就跑過來了。我猜那應該是傳送陣之類的，能讓人到不同的小世界。」

「地圖……圈圈……」惠先生思索了下，「我記得也有看到……你們往那個方向直直走去，應該就能見到你們說的圈圈了。趕緊過去，不要在別人的試煉小世界搗亂。」

柯維安立刻將目光投向同組的兩名組員，徵詢她們的意見。

看是要走，還是要留。

「走走走。」右水月小聲央求著，「和上司一起壓力很大啊。」

喜鵲眼帶挑剔地看著燒得焦黑的地面，隨即雙翅一拍，自顧自往傳送陣方向前行。

這種破爛的世界，就算過關也不會得到織女大人的誇讚。

坐在原地的惠先生摸摸後腰，剛才肌肉被扯動所帶來的疼痛真是……個中滋味只有自己能體會。

偏偏自個兒也沒什麼治癒的力量，現在戰鬥力徹底被削弱了一大截，還怎麼試煉？

想來想去，最後惠先生只能仰天長嘆，再百般不甘願地衝著天空大喊三聲。

「老大好帥！老大好帥！老大好帥！」

沒錯，惠先生選擇中途放棄了。

前一秒還是藍天白雲的小世界，下一秒所有景物倏地旋轉起來，讓惠先生忍不住閉上眼，免得頭暈眼花。

短短片刻後，惠先生便聽到一道稚氣的小孩子聲音說：

「感受到你對本大爺的滔滔愛慕了。」

這聲音、這自戀狂的語氣！

惠先生猛然睜眼，發現自己已非置身郊野，而是在一處寬敞的室內空間裡。一張大面積長桌佔據在室內中央，四周圍繞多個座位，桌面上則懸浮著難以計數的小巧正方體。正方體散發出粉紅色的光輝，時不時匯聚，旋展成螺旋狀，或是再分散開來，無規律地在半空飄動。

可倘若仔細一看，又會發現也有少部分正方體呈現黯淡的灰色。

「唷，惠先生，沒想到你這麼快就出局了。」坐在長桌主位的胡十炎懶洋洋地說，「虧我還對你抱有百分之七的期待呢。」

惠先生早就放棄從上司那邊獲得關心了。

「哎，妾身不是說了嗎？」坐在另一側主位的織女興致勃勃地說道：「最可能拿到優勝的，一定是一刻他們那組，還有喜鵲他們那組的，妾身百分之百看好他們，相信他們能披荊斬棘，捧個優勝回來！」

假使喜鵲在場，勢必會精神抖擻得挺直了背，眼中如墜入星光：織女大人的願望，就是喜鵲我的願望！

至於一刻只會鐵青著一張臉：妳是要我們捧布丁回來吧？

「惠先生，需要我叫開發部的人過來嗎？」在座的人當中，大概只剩范相思還保留著同事愛了，「放心，傳話費只要一張小紅就好。」

惠先生痛心疾首地把「同事愛」三個字從短髮劍靈的身上劃掉。

他眞傻，怎麼就突然腦袋一懵，覺得范相思會懂得什麼叫大而無私的同事愛呢？

「行啦，本姑娘開玩笑的，看你的臉都扭曲成這樣了。你是傷到哪裡，讓你不得不棄權呢？」范相思嘖嘖地打量著出現在長桌邊其中一張座位上的警衛部部長，對方看起來沒受到什麼傷害。

「……閃到腰。」惠先生推推墨鏡，盡量語氣淡定地說。

「太可憐啦。」織女眼帶同情地看過去，「妾身聽夫君說過，男人的腰很重要的，惠先生你可要多多保重。對了，男人的腰爲什麼重要？在妾身看來，夫君的全身都很重要呀，當然不能只限定腰部。」

惠先生有點坐立難安了，他心裡是拒絕和一位神話中的人物談論這種話題的。

同爲男性的胡十炎攤攤手，一副「大爺我年紀小，就不參與討論」的姿態。

呸，老大你那只有外表小，芯子明明就是六百歲的老妖怪！腹誹歸腹誹，惠先生哪敢眞的說出口。

將惠先生從水深火熱中解救出來的，是放在他口袋裡的手機。大響的鈴聲打斷了織女好奇的追問。

「喂喂？」惠先生以最快速度接起電話，完全沒看清來電者是誰。

「部長！」

兩道聲音幾乎同時在惠先生耳邊炸開，讓他反射性將手機拿遠一點。

「部長、部長！」

「惠先生啊！」

「對不起啊啊！我們昨天半夜吃燒肉，結果肚子痛……」

「嗚啊啊啊，今天沒辦法爲我們警衛部爭光了……」

兩道聲音依舊爭先恐後地嚷著，全然沒想到這樣只會讓說話聲變得像一團噪音。

也幸虧惠先生對聲音素來敏感，畢竟身爲警衛部的頭頭，對這方面不敏銳點怎麼行呢？他不單聽清了內容，還聽出說話者的身分。按著突突跳的太陽穴，他深吸一口氣，拿出做人上司的威嚴，想也不想地嚴厲一吼。

「左鏡花、右水月，先給我安靜下來！」

「是！」

女孩子的嬌跳嗓音立刻規規矩矩地疊合在一起。

話筒另一端的確安靜下來了，然而惠先生的表情卻瞬間繃不住了。他猛地站了起來，終於意識到自己喊出誰的名字。

左鏡花。

右水月。

自己部門有多少人參加這項絕境求生試煉活動，惠先生記得清清楚楚，其中就有左鏡花和右水月這對孿生姊妹。更不用說，他幾分鐘前分明還與右水月說過話、見過面。

就在西山小世界裡。

而西山小世界，可是沒辦法對外聯絡的。

惠先生再怎麼對自家部下有信心，也不認爲僅僅是新進人員的左鏡花和右水月，有辦法在短短時間內突破關卡，成功破關。

既然如此，那現在和他通話的姊妹花……究竟又是怎麼回事？

「惠先生？」胡十炎自是不會忽略惠先生的不對勁。

「等我一下。」惠先生這句話是同時對手機另一端，和對胡十炎他們說的，接著他將手機通話轉接到自身佩帶的通訊器上。

一面光幕登時躍出，展現在室內幾人眼前。

光幕裡是兩張一模一樣的俏麗臉龐。

那是兩名宛如同個模子印出來的貌美少女，一看就能知道她們有著血緣關係。

少女們有著搶眼的海藍色鬈髮，差別在於一人紮綁於左側，馬尾末端挑染著金艷；一人則是綁在右側，馬尾末端閃耀著銀白，像是霜雪混入髮絲裡。髮結處都繫著誇張華麗的花朵髮飾，嘴唇和眼角刷過淡淡的藍，暴露在外的肌膚上還能看見冰晶點綴。

除了織女以外，胡十炎和范相思也認出來電者的身分了。

畢竟警衛部本就是陽盛陰衰的部門，大部分人員還都是退役神使，這使得身爲混血妖怪的左鏡花和右水月的入職格外引人注目，才會讓部長級以上的大人物對她們有著幾分印象。

但辨認出光幕裡的兩名女孩子是誰，反倒讓胡十炎、范相思斂起了笑意。

參加試煉活動的人很多，他們基本上不會特意記住誰和誰同組，可是有兩組他們特別有印象。

因爲這兩個小組的成員，分別有半神宮一刻、妖狐副族長左柚，以及半鬼的柯維安和「牛郎織女」中的喜鵲。

這使得胡十炎他們也會格外留意對方的同伴還有誰。

非常剛好地，正是左鏡花和右水月。

「有小老鼠混進來了。」胡十炎指尖敲點著桌面，金眸看似漫不經心地垂掩，「大膽又愚蠢的小老鼠。」

「不管如何，先抓出來吧。」范相思雙手在半空中一拉劃，桌上那匯聚在一起的粉紅光輝中，立刻飄出兩個小方塊。

只不過它們的顏色皆是黯淡無光。

一個是像覆上灰塵的陰暗，一個是包裹上不祥的黑。

「這個顏色代表觸發了傳送陣，前往另一個世界。」范相思指尖先滑過了灰色的小方塊，「他們跑到惠先生你的小世界了吧？然後又被傳送走。」

每個正方體都代表著一個小世界，光芒閃爍的是試煉仍舊在進行，灰色的則代表參加者出局，或者裡頭已經無人。

潔白的手指移到漆黑的小方塊上，范相思瞇起貓兒眼。

「他們也到宮一刻那個小世界了，而這世界從內部被動了手腳，現在無法看到裡面的情況。」

「什麼什麼？發生什麼事了？」織女按捺不住地撐直身子，「妾身要知道發生什麼事了。」

光幕裡的雙胞胎姊妹不敢貿然插嘴，但也拚命地點頭附和著織女的意見。

「簡單來說，有兩隻來歷不明的小老鼠冒充左鏡花和右水月的身分，跟著一同混進活動了。」胡十炎似笑非笑的眼神投向了光幕，「先不論她們的外表，大爺我比較好奇的是……爲什麼她們有辦法得知公會要辦活動，還能如魚得水地和其他人相處，而沒被看出破綻？姑且不論宮一刻那邊，維安可是認識妳們姊妹花的。」

即使胡十炎沒有指名道姓，左鏡花和右水月也聽得出來，最後一句是針對她們兩人問出的。可是全然不知來龍去脈的她們，只能露出一臉茫然的表情回視。

惠先生的眉間皺得像是川字形。

他回想起方才自己和右水月在小世界裡相處的時間短是短了點，但他做人上司的，還真的沒察覺任何異常。

這就是最大的異常了。

不是隸屬神使公會的妖怪，怎麼可能會對他們如此了解？

除非……有人告訴她們。

「左鏡花、右水月。」惠先生摘下墨鏡，鐵青的臉色襯著一雙懾人的黑眼白瞳，頓時讓雙胞胎僵住了身子，大氣也不敢吭一聲，「試煉活動的事，還有公會裡的事，妳們是不是洩露給誰了？」

「咿！我、我們絕對沒有洩露不該講的事啊！」左鏡花白著臉，驚慌地搖著頭。

「對啊，部長！我們知道什麼能說，什麼不能說的！」右水月無措地擺著手。

姊妹倆看起來就像隨時要被嚇哭出來了。

在場的幾人卻是聽出問題了。

「妳們覺得不該講的事沒有告知第三人……換句話說，妳們覺得不重要的小事，」范相思慢慢地說，「確實是說出去了？」

左鏡花、右水月先是一怔，緊接著她們的臉蛋褪去全部血色。

「妳們倆到底說了什麼？跟誰？」惠先生沉著臉，「通通說出來，一點都不准隱瞞！」

「我們、我們……」左鏡花結結巴巴地說，淚水在眼眶裡打轉，「我們只跟兩個在網路上認識的朋友說過，我們平常都會聊一些日常啊、工作啊……」

「眞的……眞的只跟她們說過而已，因爲我們都是堯天的粉絲，年紀又相近，才漸漸熟了起來。」右水月緊張地抓住左鏡花的手臂，「都是很雞毛蒜皮的小事情，像是公會發生什麼趣事，有哪些同事特別有趣，惠先生又開地圖炮，被部門裡的大哥們圍毆之類的……」

最後一點讓惠先生整張臉都黑了。

「聽起來就是什麼都說了耶。」織女皺皺鼻尖。

「八卦有時候就是最強而有力的情報。」范相思嘆了一口氣，「底都洩光了啊。」

姊妹花的確是沒洩露重大祕密，但她們說出的東西，已經足夠讓外人對他們公會了解個五、六分了。

「所以今天公會要辦活動的事……」惠先生恨鐵不成鋼地瞪著兩名年輕下屬。

左鏡花、右水月抱在一起，淚眼汪汪地點頭。

左鏡花還試著囁嚅地補充，「因、因爲昨天一起吃燒肉，就……就順便說了……」

「妳們兩個，活動結束後扣薪水、寫檢討書，還有勞動服務！」惠先生重重抹了把臉，覺得自己會被這兩個嘴巴不牢靠的部下氣死，「還不說妳們的網友究竟叫什麼名字？哪一族的？」

「啊，是、是！」左鏡花和右水月反射性挺直了背脊，大聲回答，「她們叫雪鏡和霜鏡，和我們一樣是雙胞胎，也算是我們的半個族人。」

「什麼意思？」惠先生目光轉爲銳利。

如果他記的沒錯，左鏡花、右水月是冰妖和鏡妖的混血，那所謂半個族人……

像被目光驚懾住，左鏡花嚥嚥口水，小小聲地開口，「雪鏡和霜鏡她們是鏡妖。」

能夠完美拷貝他人外貌和氣息的妖怪，善於利用鏡子製造各式結界，還能在鏡子裡的空間來去自如。

「果然。」胡十炎對這答案沒太大驚訝，他一手支著下頷，視線掃向了那兩枚黯淡的小方塊，「耗那麼大的工夫也要混入我們的活動，就讓本大爺看看那兩隻小鏡妖的目的到底是什麼吧。」

「那就是不插手囉。」范相思恢復盈盈笑意，雖說用的是疑問句，但語氣卻是肯定的，「織女大人覺得呢？」

「妾身沒意見的。」織女揮揮小手。

這反應可以說是大大出乎惠先生和左鏡花她們的意料之外。

「等……等一下。」惠先生張口結舌地看看同事、看看上司，再看看其中一名參加者的母親，三人的表情顯示出他們真的沒有太過擔心，「真的不插手？但是那兩名鏡妖還在小世界裡面……」

「惠先生，與其擔心維安他們，不如先擔心你的腰吧。」胡十炎好整以暇地瞅著警衛部部長，「確定不先讓醫療小組看一下嗎？放心，紅綃會很溫柔的。」

溫柔地弄死自己嗎？惠先生木著一張臉。

如果說開發部是一群小神經病，那紅綃就是統領他們的大神經病了。

「去去，別瞎操心了，有左柚和喜鵲在裡面啊。」胡十炎趕人般地催促，「啊，不對，英俊偉大的我要先幫你叫人送擔架過來才對吧？」

胡十炎說到做到地一彈指，轉眼就見一支穿著白袍的小隊呼啦啦地衝進來，不給惠先生反抗的機會，把人塞到擔架上，再呼啦啦地扛著人衝出去。

隨著惠先生被迫離開，通訊器的光幕也跟著「啪」地消失。

在通訊關閉之前，光幕裡的左鏡花和右水月可沒漏聽她們老大說出的人名。

左柚。

喜鵲。

遠在自己家中的兩名藍髮少女面面相覷，在彼此臉上瞧見了強烈的震驚。

一個是西山妖狐的四尾妖狐副族長；一個是雖不知實力，但已存在千年的精怪。

左鏡花和右水月哆嗦一下，忽然覺得自己在網上認識的兩名小夥伴……

大、難、臨、頭、了。

第八章

小骷髏造型的燈泡在黑夜中明明滅滅，它們掛在前頭的門廊上，當它們一同亮起時，可以看得出來那些小燈泡其實構成了數個大字——

愛、與、希、望、的、國、度。

一刻現在看到「愛」與「希望」兩個詞就想狠狠地碾碎。

他媽的愛與希望。

到底哪一國度的愛與希望是長這德性的！

用骷髏頭的小燈泡不說，燈光還是青光閃閃的，活像是墳地上飄的鬼火。更誇張的是，這些鬼火後方是大片陰森森的叢林，還能聽到野獸危險的低吼和怪異的鳥類尖嘯。

這分明就是廣告不實吧。

腹誹歸腹誹，一刻還是只能往前繼續走，誰讓他的前方就只剩下這座掛著燈泡的門廊了。

有些煩躁地耙耙白髮，一刻回頭望了身後一眼。

並未見到其他人影。

一刻吐出一口氣，知道自己確實是和另外兩人分散了。

打從他們一行人踏進這個恐怖樂園沒多久，就遇上一波敵人。

一大群戴著尖矮帽的小矮人揮舞著各種凶器，呼啦啦地擁了上來，嘴裡唧唧地叫，像在嚷著什麼他們無法聽懂的語言。

如果只是一群小矮人，還不至於會讓一刻、堯天及左鏡花被沖散。但就在誰也沒預料到之際，長長的大道上突地傳來一陣震動，緊接著地面被拱開。

不，更正確一點的說法是被從地底下鑽冒出來的巨大樹藤，頂裂出一道道蜿蜒粗大的縫隙。

暗綠色的壯實樹藤糾結纏繞，在夜間有如某種龐然生物，緩緩地朝前蠕動著……

那比人還大的葉片和莖幹成了阻礙的城牆，徹底遮斷本就因小矮人圍攻而各自分散開的三人的視線。

待一刻解決完圍著自己不放的小矮人、想要回頭尋找同伴時，才發現早已失去對方的蹤影。

一刻第一反應就是掏出手機，可隨即又憶起小世界無法使用手機通訊。

看著手機螢幕上的確沒有訊號，他咂了下舌。就算有堯天的號碼，但撥打不出去，一切也是白搭。

在和同伴失散的情況下，一刻選擇了往前走。在原地傻站著不動本來就不是他的風格，況且他還記得那張地圖裡的城堡上方，被標上了一個小王冠。

抵達城堡很有可能就代表著破關。

既然如此，就鎖定那裡爲目標吧。

雖然一刻這樣打定了主意，也做足了會碰上諸多阻礙的心理準備，但他萬萬沒想到……

這些阻礙是如此的——

喪心病狂。

依照地圖來看，城堡位在遊樂園最深處，沿途會經過不少遊樂器材。當然，這些器材原本的鮮艷外表在遊樂園的風格驟然轉換後，同樣變得斑駁破舊。

一刻最先碰上的是旋轉木馬。這邊脫了一塊漆、那邊掉了一隻眼睛的木馬，看起來就是鬼氣森森，彷若下一秒會成爲夢魘般的生物。

事實證明不是彷若。

下一秒，被固定在旋轉台上的木馬眞的發出了嘶鳴，腳下燃起紫暗的火焰，還能聽到蹄子刨地的聲音。

然而若僅僅如此，還不會讓一刻覺得這世界的設定簡直有病。

沒想到，不只是木馬，整座旋轉舞台也一併化成了碩大的怪物。

一隻肖似八爪章魚的軟體怪物！

一刻像發洩般地罵出一聲髒話，同時迅速躲開揚高前蹄、打算把他踩下的高大木馬。

比人高的木馬氣勢凶猛地刨著地，很快又低下頭顱，朝著一刻衝了過去。

「馬的！」一刻看見木馬前額處冒出鋒利的獨角，顯然那些馬試圖將他當作串燒。

面對多匹木馬圍堵住去路，一刻當機立斷地下壓身勢，利用滑鏟從它們彼此間的空隙穿越而過。

紫色的火舌不可避免地舔上他的皮膚和衣服，留下發紅的痕跡和部分焦黑，也留下了火辣辣的刺痛感。

對於不會影響活動的疼痛，一刻向來當作不存在。

一刻無視身上的傷口，嘴角扯出一抹猙獰的弧度。他矮身躲過突襲的一隻觸手，飛也似地奔向其中一匹木馬。

被鎖定爲目標的木馬甚至還來不及意識到發生什麼事，那顆沉重的腦袋就滾落下來，與它的脖子分家了。

失去頭顱的馬身掙扎幾下，隨即力氣頓失，僵硬地砸上地面。

「一隻。」一刻眼中生起熾烈的戰意。

停頓下來的身影下一秒再次竄奔出去，宛如離弦之箭，快得讓八爪章魚來不及捕捉，揮空的觸手只能在地板上砸出一道裂痕。

木馬發出暴躁的叫喊，燃著紫暗火焰的四足躁動地踩踏，它們的情緒顯然也影響著火焰，只見紫焰霎時增長不少。

一刻立即摁熄了想從馬腹下偷襲的心思——在給對方致命一擊之前，他估計會先被那炙熱的紫火烤得半焦。

發現到白髮男孩蹤跡的木馬低下頭顱，加速衝刺，凶猛地用足足有臂長的獨角瞄準了對方。

同一時間，八爪章魚的觸手亦再度捲來。

面對多方夾擊，一刻不見慌亂。相反地，好戰的火焰在他眸底劇烈燃動著。快若疾雷地躲開木馬的正面衝撞，一刻反手一針捅進襲來的觸手。如劍長的白針沒入大半，換來八爪章魚的震顫，觸手隨之晃動，不受控制地掃向欲攻擊一刻的另一匹木馬。

在體型懸殊的情況下，那匹木馬就這麼被掃飛出去，撞上了不遠處的欄杆，產生刺耳的響動。

「兩隻。」一刻咧開野蠻的笑。搶在八爪章魚的其他觸手試圖將他連針帶人扯下之前，白針消散，他屈膝落地，緊接著直起身體，快步疾奔，猶如逗弄似地將幾匹木馬耍弄得團團轉。

遲遲追不到獵物，更遑論傷害到對方一根寒毛，讓木馬的怒氣越積越深。下一瞬間，一匹木馬大張著嘴，上下顎越拉越開，竟是遠遠超出正常的角度。

面對那簡直一口就能吞下自己半身的可怖嘴巴，一刻罵了聲幹，但臉上的猛獰絲毫沒有減退。

彷如越戰越勇。

很快地，一刻改變策略，不再耍弄那些瀕臨爆發邊緣的木馬。他三步併作兩步，抓住一根觸手橫掃過來的空隙，大力躍跳起來，竟是將那根觸手當作攀爬的繩索，身手矯健地直抵八爪章魚的頭頂上。

藉著四周燈柱的光亮，一刻注意到八爪章魚背後居然有著一個突兀的存在。

那是一個旋轉發條。

一刻眼中利光一閃。雖說不知發條的作用是什麼，但他可不認爲那只是單純的裝飾品。

沒有太多遲疑，一刻馬上滑下八爪章魚的頭頂，一路來到發條上方。白針重新出現在他的掌心，被他俐落送進怪物體內，僅露出一截在外。

一手抓著白針支撐，一刻利用雙腳踩踏，成功地轉動了發條。

瞬間，八爪章魚完全停歇下來。

然而也只靜止幾十秒的時間，隨後這隻龐然巨物就像全然失控，開始狂亂地揮舞著觸手，無論見到什麼都是凶暴地發動攻擊。

一刻早在八爪章魚暴動的前一秒便快速跳下。

眼前的場景也是他沒預料到的。

由於角度問題，八爪章魚一時沒留意到身後的人影，注意力全放在那些逃竄的木馬上。粗大的觸手如同鋼索般重重抽擊出去，被擊中的木馬當場四分五裂。

一刻就算好戰，也不打算和發狂的怪物硬碰硬。瞧見一頭木馬驚慌失措地往自己奔逃過來，他的心中頓時有了主意。

白髮男孩以粗暴且不容反抗的勁道揪住木馬的鬃毛，敏捷地翻坐至馬背上，將它當成自己的坐騎，迫使對方只能載著自己一路奔馳，將其他怪物甩在了後頭。

直到看到那座掛著小骷髏燈泡的門廊，一刻才放開那匹木馬，乾脆俐落地一針了結，讓笨重的頭顱掉落，失去腦袋的身軀則是摔躺至地面上。

沒有在門廊前停佇太久，一刻大步流星地走入未知的叢林深處。

走了一小段距離，才發現裡頭別有洞天。

原來那些高聳的樹木只分布在入口處，因爲枝繁葉密，在幽暗中看起來就像一座叢林矗立在那。

但再繼續走下去，林木就變得稀疏，反倒是隨處可見色彩鮮艷的蘑菇，有的嬌小如現實中所見，有的碩大遠遠超過一人高。

加上此處天色漸漸轉亮，讓人能夠更清晰地視物，放眼望去，就像看見開綻著無數大大小小的彩色雨傘。

宛如走進了一個童話世界。

一刻並沒有因此就掉以輕心，他可沒忘記他們剛到這座遊樂園門外時，這裡看起來還是一座夢幻樂園呢。

結果轉眼就成了黑暗恐怖系列。

「別讓這些蘑菇一下全爛掉就好……」一刻嘀咕著。他擁有一顆外人難以看得出來的少女心，對這裡的繽紛童話風相當滿意，實在不願意下一秒就見到它們崩壞。

也許是聽見一刻內心的願望，隨著他更加深入，四周景象還真的未曾出現異變。

看著那胖嘟嘟的蕈傘和傘柄，一刻再也按捺不住，一手依舊持握著白針，另一手掏出手機，連拍了好幾張照片。

驀地，一刻停下拍照的動作。

透過鏡頭捕捉到的畫面並沒有任何異象，但一刻確實聽到了自己以外的人聲。

模模糊糊的，像是一群人在合聲吆喝。

初步判斷得出來，對方離自己還有些距離。

一刻嘖了一聲，收起手機，不動聲色地再度提步向前走。

吆喝聲逐漸變得清楚。

不多久，一刻就知道這些聲音的來源了，只是得知答案的他反而緊緊地皺起眉毛。

「靠杯啊……」一刻喃喃地說，「胡十炎的腦袋裡到底是裝什麼，才有辦法弄出這些東西……」

不能怪一刻這樣抱怨，畢竟除了先前那些怪物外，此時躍入他視野中的赫然是——

撲克牌士兵。

和人差不多高的撲克牌上印著紅心、黑桃、方塊、梅花等圖案，在相同花色、數字的兩張牌的縫隙間伸出了四肢和頭顱，手裡還握著長矛。

而在撲克牌士兵的簇擁下，一名頭戴大王冠、疑似女性的身影，穿著鮮紅色的華美衣裙，長長的裙襬拖曳在地面，像鮮明的流火，搶眼的紅將白皙的雙臂映襯得格外皎潔滑嫩。

如果僅看脖子以下，任誰都會下意識覺得對方是名大美人。

可如果視線再往上看——

這也就是爲什麼一刻會用「疑似女性」這樣的字眼了。

——因爲那名穿著緋紅長裙的身影，頂著一顆紅色愛心作爲腦袋。

這怪誕的組合，足以讓人才剛產生的驚艷感瞬時灰飛煙滅。

一刻沒有出現驚艷感，他現在比較想咒罵胡十炎的祖宗十八代：沒事在童話風森林裡安插愛麗絲夢遊仙境的變異版人物是哪招？

撲克牌士兵與紅心女王。

一刻還是有看過愛麗絲的，那麼有特色的角色又豈會認不出來。

士兵將女王圍在中央，形成一條長長的隊伍，緩緩地要從一刻前方經過。假使它們沒特別注意的話，說不定不會發現他藏匿在大蘑菇後的身影。

一刻耐心等待，對方不主動前來挑釁，他也不會沒事替自己找麻煩。

雙方的距離已經近得能聽清吆喝的內容。

「砍頭、砍頭！砍了討厭鬼的頭！」

「砍頭、砍頭！砍了礙事者的頭！」

說是吆喝其實更像是古怪的誦唱。

「砍頭、砍頭！砍了無禮者的頭！」

「砍頭、砍頭！砍了膽小鬼的頭！」

「砍頭、砍頭——」

下一剎那，本該筆直看向前方的紅心女王突地扭過頭，手指比向一刻的藏身處，尖利的喊聲從她體內發出：

「砍了他的頭！」

所有撲克牌士兵整齊劃一地停步轉頭。

「馬的！幹！」一刻頓時知道這麻煩是避不過了。他彈下舌頭，不再隱匿身形，正大光明地自大蘑菇後走出來。

雖然沒有五官，但一刻能強烈感受到紅心女王緊緊盯著自己不放，猶如盯視一隻即將被宰割的獵物。

「被宰的是誰還不知道啊……」一刻凶狠一笑，戾氣翻湧。不待敵人有所動作，身子立刻如離弦之箭般掠出，白針同時劈斬出一道鋒銳的月牙利芒。

最前方來不及閃避的一排士兵身上被割裂開大大一道口子，有的還重心不穩，直接被強勁的氣流吹掀了。

「砍他的頭！砍他的頭！砍掉這個醜八怪的頭！」紅心女王歇斯底里地高嚷，「砍頭——」

尖叫聲中，其餘撲克牌士兵提著長矛蜂擁而上。

面對數量眾多的敵人，一刻未曾面露退怯。他的眼裡只有狂肆的好戰光輝，彷彿一隻被解開鎖鏈、放出柙的猛獸。

數支長矛一口氣壓刺下來了，卻讓一刻舉針擋住。隨著上臂肌肉越漸收緊，青筋也跟著浮冒出來。

下一秒，一刻驟然收力，竟是腳底往前一鏟，滑避開了落下的矛尖，整個人如一條靈活的魚，霎時逼近士兵們身前。

被對方鑽了空隙的撲克牌士兵壓根還未能即時防護，軀幹就被人一針橫斬開來。

第二波士兵連忙再擁上。

一刻粗暴地一腳踹飛離他最近的一人，任憑對方撞上同伴，有如骨牌效應般連倒數人，自己則是把握機會，躍上一支本想從旁偷襲的長矛，將它當成自己的跳板。

撲克牌士兵們立即發現地上的獵物居然失了蹤影，它們焦急地東張西望，殊不知一刻此時正蹲踞在一朵比人還高的紅色大蘑菇上，等待機會。

然後一躍而下。

最靠近紅艷大蘑菇的士兵還不曉得發生什麼事，只感到脖子一涼，接著眼前景象變得模糊，身子虛軟地倒地。

再來是第二個、第三個、第四個……

白髮男孩簡直如鬼魅般在人群中穿梭。

見自己的士兵數量越來越少，紅心女王憤怒地揮舞手臂，「快砍下他的頭！」

「除了砍頭，能不能換點新詞？」一刻不屑地諷刺。

如果紅心女王有頭髮的話，大概會像觸電一樣全豎了起來。她的周身彷如閃爍著震怒的火花，接著讓一刻目瞪口呆的景象出現了。

身段窈窕的紅心女王竟然舉起手，把自己的腦袋拔了下來。

「我操……」一刻張著嘴。

鮮紅色的愛心底端立即伸出一根金屬長柄，看起來宛如一柄權杖。

無頭的紅心女王舉高權杖，以著雷霆萬鈞之勢，狠狠朝地面砸了下去。

大地震搖數下，隨後便歸爲平靜。

一刻起初還不知道對方的目的是什麼，直到他被數名撲克牌士兵聯手逼退至一朵紫色的大蘑菇前。

危險的直覺在一刻腦海內倏然炸開，他反射性扭身往旁滾了一圈，再抬起頭時，只見到前一會還無異狀的紫色大蘑菇，此刻赫然從蕈傘部位裂開一張血盆大口。

倘若一刻的動作慢上那麼幾秒，就等著被那張嘴巴從頭開始吞下了。

一刻不是遲鈍的人，他馬上聯想到紅心女王方才的動作。他內心跑過一輪髒話，觸目所及的大小蘑菇都一朵朵地長出了嘴巴，露出鋒利的尖牙。

「王八蛋……把老子的童話風還來啊！」一刻大怒，撐地躍起，挾帶滾滾怒意地抬腿踹飛撲來的一名士兵。

但前有虎、後有狼，如今一刻要面對的敵人不單是撲克牌士兵，還有隨處可見的繽紛蘑菇。

就見一朵半人高的圓點蘑菇趁機張開嘴，唾液從齒縫間滴淌，只要一刻再後退個一、兩步，就會猛地被它咬住。

說時遲、那時快，高空處俯衝下一束金燦色彩。

像是一支筆直的箭矢，勢如破竹地貫穿了那朵想偷襲的圓點蘑菇。

金黃璀璨的火焰眨眼間膨脹擴大，將整朵蘑菇燒得發出陣陣異香，接著連灰也不剩。

這下子，全部的蘑菇都像受到震懾似的，嘴巴全數閉起，連點縫隙也不敢露出，一朵朵立著不敢動彈，安靜得連氣也不敢吭一聲，假裝自己就只是普通的蘑菇。

一瞥見金焰的闖入，一刻內心忍不住湧上欣喜。

「左……堯天！」想到他們仍在小世界，堯天的眞實身分不能曝光，一刻反應極快地改了稱呼。

像是在回應一刻的呼喊，一抹高瘦人影從蘑菇叢後緩緩走出。明亮的光線將那張俊雅的容貌勾勒得越發完美，金褐色髮絲宛如閃閃發亮。

那人光是走著，就優雅得像一幅畫。

但目光一觸及白髮男孩，堯天臉上便漾出柔和的笑，登時將環繞在周遭的距離感消除殆盡。

「一刻，總算是找到你了。」堯天的嗓音同樣十足溫和，然而纏在他左手上的金黃火焰正不住彰顯自身的凶猛。

似乎是感受到這名青年帶給它們的壓迫感，剩下的撲克牌士兵不禁往後退了一步。

只是這動作更加激怒了紅心女王。

「把他的頭也砍了！」無頭女王揮舉起愛心權杖，高聲斥喝自己的部下們，「快砍！」

「砍你老木啊砍！」一刻沒好氣地豎起中指，「是不能換點新鮮的嗎？」

「等等，一刻，接下來的交給我吧。」堯天伸手搭上一刻的肩膀，微微施力阻止對方上前，「我會一口氣全解決的。」

一刻挑挑眉，「你要恢復原形了？」

「不是。」堯天搖搖頭。他並未打算恢復原來面貌，一來是眼前的敵人尚不值得他如此大費周章；二來是不想被更多人知道他的眞正身分，尤其這小世界裡還有一個擺明是狂熱粉的左鏡花。

即使左鏡花目前行蹤未明，堯天也不會貿然讓自己的身分曝光。

「放心好了，一刻。」堯天溫柔地笑了笑，抽出鞘內的唐刀，金黃火焰就像受到吸引，立刻攀繞至刀身上，「反正我也不須唸咒語，很快我就能解決完畢的。」

那悅耳的最末一字宛如羽毛般輕輕飄下，還沒有完全消散，佇立在一刻身畔的高挑身影一晃眼已經消失。

就算堯天部分力量受到手環壓制，但他的存在依舊令撲克牌士兵們本能地感到畏怯。

如果不是紅心女王憤怒地舉高權杖斥罵，也許它們眞的會選擇轉身做個逃兵。

堯天的手段很簡單，同時也特別粗暴。

耀眼奪目的火焰從青年足下一圈圈旋綻開來，宛若金花盛開，只不過這華艷的花瓣卻是致命的。

凡是被花瓣舔舐上的士兵們，立刻會被金焰席捲全身，不到眨眼瞬間便化爲灰燼。

見狀，離得遠一些的士兵不禁驚慌失措地逃竄，將女王尖銳的叫喊拋在後頭。

無頭的紅心女王簡直氣壞了。

由金色和紅色組成的權杖被高高揚起，然而就在它準備氣勢驚人地落下擊地之際——

包圍在堯天身旁的金燦火焰已經改變了形狀。

尖耳、長長的獸吻、碩大的四條尾巴。

肖似四尾妖狐的金色火焰沒有留給敵方絲毫喘息的空間，四肢一撒，嘴一張，就將那抹緋紅身影呑入腹中。

末了還不忘打個飽嗝，這才悠悠然地散逸消失。

雖說早知道身邊人的強大，一刻仍然看得嘴巴開開的。

回過頭的堯天像是被一刻的表情逗樂，「一刻，你看呆了嗎？要成爲我的粉絲了嗎？」

「是有點……」一刻抹抹臉，先回答了第一個問題，再緊皺眉頭地說，「我可不想變成像胡里梨和左鏡花她們那樣的腦殘粉……對了，左鏡花呢？你有碰上嗎？」

「沒有。」一說起正事，堯天跟著斂了斂笑意，「我是碰巧尋來這裡的，一路上沒有見到左鏡花的身影。一刻，我們要先趕到城堡那邊去嗎？」

堯天的想法和一刻一樣。

既然被標上了小王冠，那麼抵達城堡，說不定就代表著破關。

況且，左鏡花又是那麼想獲得優勝，得到許願的權利。照理來說，她自然會將城堡視作目的地。

一刻知道他們應該要加快腳步前往城堡，可是滑出他舌尖的字卻是……

「不。」

「一刻？」

面對堯天訝然的眼神，一刻抿了抿唇。

他不曉得該怎麼解釋，但他就是沒來由地想起了左鏡花先前曾說過的話。

「打×的地方勿入，無論如何都不准進入……所以這是很重要的地方囉？會不會是藏有什麼寶貝呀！」

藍髮少女興奮難耐的話語猶在耳畔。

一刻煩躁地耙耙頭髮，他知道這樣想很莫名其妙，可是他就是覺得……

左鏡花會跑去那個打×的地方。

「堯天，我們先去那個打×的位置吧。」一刻說，「我有種直覺，左鏡花會到那邊去。」

堯天望向一刻的目光帶著些許困惑，可很快就二話不說地點點頭。

對於自己重要的家人，他從來不曾想過要去質疑分毫。

達成共識的兩人立即行動，身形似箭地疾速掠出。

第九章

就和前半段路程一樣，接下來遇到的敵襲和陷阱並沒有減少，不過這回一刻不是單獨一人，與堯天共同聯手，兩人消滅敵人的速度立時提升了好幾個檔次。

隨著越接近目的地附近，一刻越加篤定自己的猜想無誤。

左鏡花果然跑到這裡了。

最明顯的證據就是那些沿路散落的晶體碎片，就像有誰失手打碎了鏡子。

一刻記得很清楚，左鏡花說過自己是鏡妖與冰妖的混血。

當一刻和堯天抵達目的地，猝然撞進他們視野內的，就是數名撲克牌士兵被銳利晶錐一口氣貫穿，並且被無形力量高高舉起的畫面。

綁著藍色馬尾的少女尚未發覺身後有他人到來，從手勢來看，她顯然是要將那些士兵直接扔砸向那處地圖上被畫×、明擺著就是不准他人靠近的禁地。

爲什麼會說明擺著不准他人靠近？

因爲在一刻看來，那些亮黃色、上頭用鮮紅字體寫著「禁止進入」的封鎖線，實在太他媽的搶眼了，要忽視除非是眼瞎。

眼看左鏡花就要扔出被當作串燒釘穿的撲克牌士兵，一刻厲聲喊道：「左鏡花！妳在搞什麼鬼？」

「咿啊！」沒料到有他人在場的左鏡花手一抖，整個人像受驚的小兔子般跳起。她慌慌張張地回過頭，待見到一刻和堯天的身影後，那張嬌俏的臉蛋覆滿震驚，彷彿不敢相信這兩人居然會出現在這個地方，「不、不對啊，你們不是應該往城堡那……」

「所以，妳果然是特意到這裡來的。」在左鏡花面前，堯天首次不露笑意，素來柔軟的眼底泛起如劍刃的利光。

「不不不不是的！」左鏡花結結巴巴地否認。她第一次知道自己崇拜的偶像一旦少了微笑，竟然像出鞘的武器，周身有股令人瑟縮的凜凜寒氣，「我就是碰巧……眞的是碰巧來這的！」

似乎想要證明自己的話，藍髮少女連忙放下那幾名浮在半空的撲克牌士兵，頓時傳來「啪、啪」幾個聲響。

「不。」堯天否定了左鏡花的說法，也沒被對方的動作說服，「妳提到了城堡，表示妳也認爲那裡是過關的關鍵。既然妳一心想求勝，就應該會先往那去，而不是來到這個和城堡完全不同方向的地方。」

左鏡花張闔著嘴巴，像是想再辯解，偏偏堯天的質問把她準備好的說詞都堵住了。

「妳想做什麼？」堯天語調放得輕緩，「或者我該問，妳眞的是公會人員嗎？」

「堯天！」一刻愕然，沒想到對方會突然質疑起左鏡花的身分。可是當他瞧見左鏡花臉上閃過瞬間驚惶後，他的眼立即凌厲地瞇起。

藍髮少女的反應，無異說明了她有問題。

「爲、爲什麼這麼問……」左鏡花乾巴巴地擠出微笑，「我是左鏡花，警衛部惠先生的手下……我還可以說出公會其他人的事情作證明……」

「不。」堯天再次溫柔地吐出了這一字，截斷左鏡花剩下的解釋，「先不論妳對公會了解多少，既然是公會的一分子，就不可能會蓄意挑戰這個小世界的禁忌，畢竟神使公會的新進人員……」

「……都是胡十炎的腦殘粉。」一刻喃喃地說道。

——因為還沒看清胡十炎的眞面目，對他都會抱持著一種謎之崇拜。

再換句話說，公會新人會將胡十炎定下的規矩奉為圭臬，就像西山的一群妖狐們堅信狐狸是貓科不是犬科一樣。

相較之下，同是小新人的左鏡花，她的作為的確可疑許多。更不用說在面對堯天猛然的質問時，她還控制不住地變了臉色。

左鏡花心慌意亂地咬著嘴唇，她沒料到事情突然不受控制。從堯天和一刻的眼神來看，很明顯地，他們都對自己起了懷疑，不問出個結果是不會輕易放過自己的。

怎麼辦、怎麼辦……眞正身分的確不是左鏡花的藍髮少女只覺腦海裡一團混亂，像是毛線球糾結在一起，怎樣也理不出個頭緒。

眼看自己最喜歡的偶像如今對自己流露冷淡的神情，她吸吸鼻子，藍眸裡驀地閃過義無反顧的決心。

都到這地步了……既然如此，乾脆一不做、二不休！

左鏡花心念電轉，迅猛出手，躺在地上的撲克牌士兵被無形的力量掀了起來，直接朝布滿封鎖線的禁地砸了過去。

但有人動作比左鏡花還要快。撲克牌士兵尚未碰觸到封鎖線，金耀的影子就如鬼魅般竄出，一個席捲便從中將人攔截而下。

左鏡花瞪大眼，壓根不及看清那片金色是什麼。

一刻心知那是堯天的尾巴，原本因左鏡花的動作而提起的一顆心也跟著放下。

就在這瞬間——

在場眾人沒預料到的異變驟然發生。

天邊突地一道白光撕裂，大放的光芒讓一刻等人不得不反射性抬手擋著眼，緊接著就聽見一連串的尖叫聲從上方砸了下來。

「啊啊啊啊啊啊！」

「救命啊啊啊啊啊！」

從白光出現到人影摔落地，不過是短短幾十秒的時間。

砸地的沉悶聲響拉回了一刻的神智，下一秒，躍進眼內的景象更是令他大吃一驚。

「我操！柯維安!?」

狼狽不堪跌在一刻他們面前的，赫然是他們再熟悉不過的娃娃臉男孩。

除了娃娃臉男孩外，同樣狼狽趴地的還有一名藍髮少女，面容竟與左鏡花如出一轍。

一刻呆了呆，沒想到應該在另一個試煉小世界的柯維安他們，居然會跑來這裡。只是隨後真正令一刻陷入呆愕的，是慢悠悠落地的窈窕身影。

細辮子少女輕鬆地拍動著背上的一對黑翼，那雙古靈精怪的大眼睛正含著嘲弄地瞅著一刻幾人。

喜鵲這傢伙什麼時候也參加活動了？

一刻被這意外的碰面弄得目瞪口呆。

另一邊，柯維安爲著全身痠痛哀叫連連，一邊不忘使勁撐起身子，「小白，你把我的名字和髒話連在一起，眞是讓我太傷心了……下次好歹改成親愛的……」

柯維安的聲音忽地卡住，他猛力地抬起臉，一雙眼睛瞠得又圓又大，彷彿這時才意識到自己是在和誰說話。

「天啊啊啊！是活的小白啊！」柯維安簡直不敢相信自己的眼睛，這下他顧不得全身的疼痛，火速地蹦跳起來，娃娃臉上驚喜交加。然而當他看見堯天後，臉上頓時只剩驚訝。他抽了口氣，忍不住抬手揉揉眼，想要確定自己是不是眞的沒看錯。

揉完眼睛後，那名俊美的金褐髮青年依舊對他笑得溫和。

柯維安發出更響亮的抽氣聲，「左左左左……不、不對，是……」

「呀啊啊啊啊！是堯天！活生生的堯天！」激動的尖叫猛地蓋過柯維安未盡的話。

右水月滿臉通紅，雙手交握，淺藍的眼睛裡寫滿亢奮，活脫脫就是小粉絲見到偶像的模樣。

「爲爲爲爲什麼堯天會出現在這裡？我是不是在作夢？媽呀，我覺得我要昏過……」

右水月激動的喊叫在目光對上另一抹如同自己鏡中映像的人影後，硬生生哽住。

如果讓旁邊的人看，這兩名除了馬尾位置不一樣，其他全都像同一個模子印出來的藍髮少女，此刻就連臉上的表情都是相同的呆若木雞。

眞的特別像是在看鏡裡鏡外的影像。

「妳……」

左鏡花和右水月不約而同地舉起手指比著對方。下一瞬間，她們同時震驚地大叫出聲。

「霜鏡！」

「雪鏡！」

「妳怎麼會在這裡⁉」

再一次的異口同聲。

「妳不是和鏡花水月她們一樣，吃燒肉拉肚子拉到虛脫了嗎？」

「等等，霜鏡、雪鏡……鏡花水月她們……」柯維安霍然從見到一刻等人的驚愕中回過神，他飛快地將兩名少女的話語咀嚼一番，旋即一個念頭如同一道落雷，重重地劈了下來，讓他霎時釐清了問題所在，「妳們不是眞的左鏡花和右水月⁉」

拔高的叫喊讓兩名藍髮少女一震，兩張嬌俏的面容躍上倉皇失措，眼裡更是寫著大大的「大事不妙」。

這無疑證明了柯維安的猜想沒有錯。她們並非眞正的左鏡花和右水月。

「妳們到底是什麼人？爲什麼混進公會的活動當中？」堯天隱去眉眼最末一絲溫和，轉爲清冷的嗓音讓兩名藍髮少女湧上一股悚然感。

明明眼前的還是她們心心念念的偶像，可她們現在卻不禁想拔腿遠離那名如畫般優雅的美青年……

「何必廢話那麼多呢？」喜鵲咯咯笑道，宛若唱歌般地拉長了聲音，「要我來說的話，這種連臉都不敢露出來的小蟲子，不如直接摁死了事哪。」

那個「哪」字還輕飄飄地迴盪在空氣中，喜鵲卻已迅雷不及掩耳地出手。

漆黑的翅膀疾疾一搧，數十根黑羽如利箭竄出，將跪坐在地面上的兩抹藍色身影納入攻擊範圍。

兩張嬌美的臉龐「唰」地染白，淺藍的瞳孔驚恐收縮。

「不要──」

就在稚嫩童音爆出的同一時間，黑色鳥羽撞上了一面看不見的障壁，瞬間便聽見一陣劈里啪啦的脆響，隨後所有人見到少女們的身影就像玻璃碎裂，大小碎片灑落一地。

而原本該是藍髮少女所待的位置，此刻只有兩道嬌小的人影抱著頭，瑟瑟蹲踞著。

依舊是海藍色的單邊馬尾，依舊是繫著搶眼誇張的花飾。

但體型尺寸，卻是足足小了好幾圈。

似乎也在驚疑為什麼疼痛遲遲沒有落下，兩顆小腦袋戰戰兢兢地抬了起來，露出蓄著水霧的淺藍色大眼睛。

那是兩名穿著女僕裝，長得一模一樣的藍髮小女孩。

霜鏡和雪鏡傻愣愣地看著毫髮無傷的彼此，再低頭看向扎進地面的羽毛，這才發現那些羽毛一開始只是鎖定自己的周邊，而不是抱著要將她們捅出窟窿的心思。

「居然真的沒傷人？」一刻忍不住也吃驚地看向出手的喜鵲。

要知道，按照喜鵲的性子，一動手，見血只是基本，沒想到對方這回居然能控制得當。

「白毛的，自己腦袋裡空空沒東西，不要認為其他人也是。」喜鵲哼了一聲，一看白髮男孩的表情就能猜出對方的想法，「要是現在弄死了，豈不會替織女大人增加麻煩嗎？」

也是，這答案的確很符合喜鵲的個性，一刻覺得自己被說服了。

「媽啊，真可愛……不對，所以妳們果然不是左鏡花、右水月！」被一刻瞪了一眼，柯維安連忙改口。爲了表示清白，他壓低聲音，對一刻說道：「放心好了，小白，我不會傻到敵我不分的，而且我剛已經趁機拍好照片了。」

「拍你媽啦拍。」一刻的眼神轉成鄙夷，「最後一句你不如不講。」

「啊哈哈……」柯維安摸著後腦傻笑，但其實他還是有點震驚的。別說他和冒牌貨一路相處，居然就連惠先生也沒看出異樣。假使不是對方無意間露了破綻，她的僞裝可以說是完美無缺。

但她們究竟是如何知道有這個活動？甚至還對公會有著一定程度以上的了解……

這個念頭剛在柯維安腦海內晃過一圈，他立刻就想到了答案。

鏡花水月她們……這對小雙胞胎在這麼說的時候，使用的語氣相當親近，這代表左鏡花、右水月和她們的交情不淺。

如此一來，大部分問題也都有了答案。

霜鏡、雪鏡所知道的一切，恐怕就是左鏡花和右水月告訴她們的。

剩下的疑問是……

「妳們眞正的目的到底是什麼？」柯維安暗暗遺憾著手機無法通聯，也就無法向胡十炎說明這次變故。雖然還有一個辦法，就是他放棄試煉，主動到外聯繫公會的其他人，可是一想到自己必須連喊三聲「老大很帥」，他就很想打退堂鼓，「難不成，眞的就是爲了能向老大許願，讓……堯天先生當妳們的執事？」

說到「堯天」兩字時，柯維安還忍不住停頓了下，才沒將「左柚小姐」脫口而出。

霜鏡和雪鏡並沒有留意柯維安瞬間的停頓，她們的注意力都被他後半句話攫住了。只見兩張發白的小臉蛋衝上了紅雲，像是紅艷艷的蘋果。但一瞄見堯天那不復溫柔的眼神，血色頓時又沒了。

柯維安大吃一驚地和一刻交換眼神，沒想到自己隨口一提，還眞的撞到重點了嗎？

但一刻立即又抓到一個盲點。

假使這對姊妹眞是爲了向胡十炎許願……

「那麼，那個左……」憶起對方並非眞的左鏡花，一時又分不出哪個是霜鏡哪個是雪鏡，一刻乾脆選了一個直接點的稱呼，「那個左馬尾的，妳爲什麼非得破壞這個小世界的禁地不可？」

柯維安不曉得一刻他們先前發生什麼事，但他思路素來敏捷，單憑隻字片語和那個纏繞諸多封鎖線的怪異空地，就足以拼湊出來事情的大概模樣。

他仔細觀察著霜鏡和雪鏡的表情變化，前者緊緊抿著唇，一副不肯鬆口的樣子；後者則是一臉茫然，似乎也不曉得自己的姊妹究竟想打什麼主意。

「既然不想說，那派不上用場的舌頭，不如割掉算了。」喜鵲忽地笑吟吟開口，明明綻著甜美的笑靨，可吐出的字字句句都讓霜鏡、雪鏡感到寒意上湧，「不過是小小鏡妖，真當自己是什麼大不了的人物了嗎？喜鵲我最討厭有人浪費我的時間了，快把舌頭乖乖吐出來吧，不然……」

霜鏡反射性摀住嘴巴，白著小臉拚命搖頭，藍眼裡可見淚光閃閃。

「小白，喜鵲小姐她該不會真的……」柯維安心驚膽跳地壓低聲音問。

「別傻了，她不會做出任何讓織女不高興的事。」一刻態度冷靜，「你聽聽就算。」

柯維安這下安心不少，但轉念再想，這豈不是代表著只要織女高興，喜鵲什麼事都願意做嗎？

眞、眞驚人的愛與忠誠啊……柯維安不禁吞了下口水。

面對喜鵲咄咄逼人的脅迫，霜鏡看起來眞被嚇到了，她不敢挪開手，只敢含糊地嚷著：「我說，我什麼都願意說……是因爲……」

趁著眾人下意識等待自己吐露眞相，暫時不會催促的空檔，霜鏡立刻看向雪鏡。

在別人看來，這兩名小女孩就只是單純對視，殊不知她們眞的是在進行一場對話。

雪鏡，我是姊姊，等等聽我的話行動。左馬尾的霜鏡快速眨動沾淚的眼睫毛。這是禁地，禁地一定藏有力量，爲了堯天。

雖然聽不太懂，但好像很厲害。我可以配合妳，不過我才是姊姊。右馬尾的雪鏡也回應似地眨動眼睫毛。一切都是爲了堯天。

我數一二三。

聽妳的。

得到力量就能打倒他們。

然後搶走堯天！

「是因爲什麼？」喜鵲失去耐性，伸手往虛空一抓，握住了銳利如刀刃的鳥羽，再上前一步。

這一步似乎帶給鏡妖姊妹莫大的害怕，嬌小的身子顫抖得更厲害。

「是因爲……」霜鏡緊張地鬆開摀著嘴巴的小手，就在其他人以爲她要坦白之際，她驀地大喊一聲，「雪鏡！」

和霜鏡達成共識的雪鏡知道就是現在。

說時遲、那時快，鏡妖姊妹拍擊向對方的雙手，發出響亮的聲響。

拍手聲進入眾人耳中的同一時間，數十根鋒銳晶錐在霜鏡她們身前平空形成，快若流星地散射出去。

一刻等人反應快，迅速就往安全的地方急退。

沒想到以爲要攻擊他們的晶錐刹那間又盡數破碎，如同漫天星塵，迅雷不及掩耳地反衝向了封鎖線的位置。

一刻他們要阻止已來不及，只能目睹那處被封鎖線纏繞的空地，就像一塊被割裂開的柔軟布幕。

接著，那大片布幕像徹底失去了支撐，「啪」地落地，消失無蹤，完全暴露出隱藏在背後的眞正存在。

一棵需要幾人才有辦法環抱住樹幹的大樹就這麼立在那，枝葉繁密，濃綠的葉色顯得欣欣向榮，然而在它的樹幹上卻有著一處突兀的存在。

那是一個樹洞，大得足以讓人輕易把頭探入。

而真正突兀的，是樹洞外纏繞著多條鮮黃封鎖線，和貼在封鎖線上的符紙。

無論怎麼看，都散發著禁止他人隨意碰觸的氣息。

霜鏡和雪鏡似乎沒想到她們破壞外層的結界後，會見到這樣一幅景象，登時有些呆懵，一時間忘記下一步的動作。

「怎麼又是封鎖線啊，好歹來點新意嘛……」柯維安小小聲地對著一刻說，「不過我真的覺得老大這陣子鬼片、怪物片或相關的東西是不是看太多了，這怎麼看都像是封印了某個可怕的怪物，只差沒寫著『白痴，不想死就不要碰』。」

「然後照鬼片最常見的套路發展，一定會有人手賤去碰……」一刻下意識說完後，眉毛立即凶狠地皺起，「柯維安，你要是敢……」

「不不不，我哪敢啊！」柯維安大呼冤枉，「親親，在你的心裡我到底是怎樣的人？」

「變態。」一刻不假思索地回應。

柯維安聽見心碎的聲音。

「醜不拉嘰的，簡直傷眼睛。」喜鵲冷眼看著那樹洞，嫌棄無比地說。

和眾人的反應比較起來，堯天一見到那棵大樹，立時瞳孔微縮。

「原來……」堯天低低地驚呼一聲，「原來是封印在這個地方？」

「什麼東西？你知道那棵樹是什麼玩意？」一刻一聽就明白堯天極有可能知悉內情。

「這是『樹洞』，一旦封起來就不能去碰。不管如何，我們先後退……」堯天緊蹙著眉，「霜鏡、雪鏡，妳們也後退……」

但霜鏡和雪鏡不退反進，她們就像兩隻小兔子般蹦竄向那棵大樹，手指銳光一閃，多根尖銳的晶體頓時像爪子般撕抓向黃色封鎖線。

「不行！」堯天臉色瞬變，但只來得及抓扯住兩名小女孩的衣領，將人猛地拽回。

在一大兩小重心不穩跌坐至地上的同時，封鎖線也碎裂開了。

有如孢子噴發，樹洞內驟然發射出一大股黑氣。

霜鏡和雪鏡一抬頭，最先望見的卻是一支掉落在不遠處的手機。

那是從堯天身上掉出來的！

這個事實讓她們倆腦子一熱，想也不想便朝手機飛撲過去。

卻也讓從樹洞噴發出來的黑氣鑽到了空隙，說時遲、那時快，無數黑色粒子就竄進了兩名小鏡妖的眼、耳、口、鼻，轉瞬間完全不見蹤影。

速度快得讓所有人反應不及，被黑氣入侵的霜鏡她們甚至像是沒意識到自己身上發生了什麼事。

就在此時，被兩人捧在手上的手機驀地一亮。

或許是正巧碰到了開機鍵，才讓螢幕亮起，而手機桌布同時也變得一覽無遺。

霜鏡和雪鏡捧著堯天的手機，整個人就像被雷劈到，動也不動，唯有兩雙瞠圓的藍眼睛洩露出她們的情緒。

先是震驚，再來是難以置信，最後就像被重重打擊到，小臉蛋煞白煞白的。

「你手機上是有什麼？」一刻哪看不出問題就出在堯天的手機。

「一些基本的ＡＰＰ。」堯天反射性回答。

「小白，你問錯方向了。」柯維安是多精明的人，聯想到兩名鏡妖是堯天的粉絲，馬上抓住問題重點，「你要問，堯天先生的手機上，是放誰當桌布？」

柯維安特地加重了「堯天先生」和「誰」這幾個字。

堯天也只是短暫的茫然，緊接著便意會到自己現在的身分，以及這身分對霜鏡、雪鏡來說所代表的意義。

堯天是個吸粉無數的帥氣模特兒。

霜鏡和雪鏡剛好就是他的狂熱粉絲。

能夠讓粉絲受到嚴重打擊，最有可能就是堯天的手機用了某位女性照片當作桌布。

「你放了織女的相片？」一刻馬上有了猜想。

「正確來說，是我和織女的合照。」堯天溫柔的眉眼滑過尷尬，小小聲地說，「現在的我，和恢復原貌的織女……嗯，公主抱。」

一刻沉默，不用想都知道這公主抱的姿勢是誰要求的。

喜鵲大概也是想到了這點，才只是冷下臉，而不是即刻對堯天展開一番唇槍舌劍。

「哇喔……」柯維安吶吶地發出一個音節，腦內已經能夠勾勒出那張照片的構圖。

優雅俊秀的男子打橫抱著一名美貌驚人的黑髮少女……這要是說他們之間沒什麼曖昧關係，恐怕都不會有人相信了。

霜鏡和雪鏡就是不相信的人。

在她們眼中看來，堯天看待那名黑髮少女的眼神，簡直溫柔得溺死人。

黑髮少女的頭頂上，只差沒有赤裸裸標著「女朋友」三個大字。

「好、好過分……」

「沒錯，眞的太過分了！」

霜鏡和雪鏡肩頭微顫，待她們猛力抬起頭，圓滾滾的藍眼睛裡已蓄滿震驚的淚水，兩張可愛的小臉卻是沖天怒火。

一面又一面的圓鏡子平空浮繞在兩道嬌小身影的四周，映出又氣又怒的表情。

「堯天你怎麼可以有女朋友！」

「不能接受，說什麼都不能接受！」

「堯天你應該要當我們的執事，喊我們大小姐才對的！」

「那個女的是誰？是誰？」

「不能原諒……」

「說什麼都不能原諒那個可惡的狐狸精——」

伴隨著小女孩們氣急敗壞的尖叫，浮立在空中的圓鏡子瞬間一併破碎，大大小小的碎片飛濺而出。

「小心！」堯天眼疾手快，唐刀出鞘，以利光架起一面防護的結界，將那些射來的碎片阻擋在外。

「不過是區區鏡妖，那張出言不遜的嘴巴我看也不需要了！」喜鵲被「狐狸精」三字激得大怒，眸底閃過狠毒的光芒。

「等等！」一刻一把按住喜鵲的手臂。

「白毛的，你是什麼意思？」喜鵲陰狠的眼神不客氣地刨向一刻。

「好好看清楚！」一刻對喜鵲扎人的眼刀無動於衷。

喜鵲厭惡地咂下舌，使力抽回自己的手臂。

隔著堯天架設出來的結界，可以看見突然情緒爆發的兩名小女孩身上，出現了不尋常的異狀。她們雪白的皮膚底下竟浮冒出黑氣，有如一條條黑蟲在蠕動、鑽湧，包括臉蛋上亦是，將原先的嬌俏可愛破壞殆盡，教人如今看了只覺心驚膽跳。

就連那兩雙淺藍色的大眼睛裡，也能見到詭異的縷縷黑氣在飄晃著。

霜鏡和雪鏡此刻就像是被按下暫停鍵的人偶，維持著原來姿勢，一動也不動地半跪坐在地上。

「是樹洞裡那些黑氣造成的？」柯維安吐出詢問，但內心已有了定論。

「嗯。」果然，堯天點頭，「那些黑氣會影響她們的心智，放大她們的負面情感。」

「那些黑氣究竟是什麼玩意？還有，那個你稱爲『樹洞』的樹洞……」一刻覺得這說法繞口，可堯天剛才的確是這麼稱呼的。那嚴肅的語氣，有如那是個專有名詞。

堯天臉上罕見地流露窘色，「樹洞就是……一刻，你知道《國王的驢耳朵》這個故事嗎？」

一刻聽過。

故事大意是國王長了驢耳朵，負責剪頭髮的理髮師發現這個祕密，被威脅不准說出去。憋得難受的理髮師最後找了一個樹洞，對著裡面大喊「國王長著驢耳朵」。

「所以這樹洞跟故事裡的樹洞……」一刻還是不太理解這兩者的關聯性，他一頭霧水地看著堯天。

總不會這就是故事裡面的那個樹洞吧？

柯維安在這方面腦筋轉得比一刻還要快，一聽到堯天提起這故事，他迅速掌握了堯天的眞正意思。

「啊，是祕密！這是個專門讓人傾訴祕密的地方對不對？那些黑氣就是……」柯維安剛脫口，便猛然意識到一個問題。他嚥下口水，乾巴巴地說，「呃……不是吧？那些黑氣該不會眞的就是……」

「就是祕密。」堯天摸摸鼻尖，覺得有些不好意思，「爲免族裡的人壓力大，叔叔就要人弄了不少樹洞，好讓人可以對著裡面說話，達到紓解壓力的效果。只不過我們是妖狐族，發洩時容易流洩一些妖力，不小心積少成多……」

「就變成了現在那兩個沒用小鬼身上的東西？」喜鵲一針見血地說。

堯天沒說話，只是滿懷歉意地眨眨眼。

這無疑就是最好的答案了。

「三小啊……」一刻無力地耙耙頭髮，沒想到這處禁地封印的居然是妖狐們壓力下的產物。怪不得他好像聽到了那些黑氣在發出呻吟……好吧，不是好像。

「靠喔……」一刻臉部肌肉抽動，他真的聽見呻吟了。

兩名藍髮小女孩仍是靜止如雕塑，然而從她們皮膚底下細細探出頭的黑氣，卻是發出了一道道說話聲。

有男有女。

有碎唸、有哀號、有痛哭、有懷疑人生。

「老媽又叫我去相親相親相親相親了！我今年也才剛滿一百歲，族長六百歲不也還是單身嗎？單身就沒有狐權了嗎？」

「限量黏土人沒買到啊！等身抱枕沒搶到啊啊啊！」

「嗚嗚嗚，我的女朋友嫌我毛太多，害她容易過敏……狐狸的皮毛長得油光水滑難道錯了嗎？」

「女神今天爲什麼也不看我……」

「族長堅持狐狸是貓科的怎麼辦？隔壁山的小夥伴已經用看智障的眼神在看我

了。」

「為什麼人帥就是小鮮肉，人醜就是五花肉？這可恨的看臉的世界！」

一聽就能充分感受到，這些聲音的主人壓力真的很大。

「一群魯蛇。」喜鵲不屑地睨過一眼。

偏偏就是這句音量不大不小的話，讓所有聲音瞬間像被按了靜止鍵，戛然而止。

只不過這份死寂不是平和的，而是一種風雨欲來的前奏。

那些探出頭的黑氣集體轉至同一個方向，彷彿它們有著眼睛，正死死盯著人不放。

在令人直覺感到不安的靜默當中，一刻舔舔嘴唇，想到一個實在不容忽視的重點。

「黑氣會影響宿主的心智，放大宿主的負面情感。」有另一道聲音更快地說出了一刻的心裡話，柯維安喃喃地說，「這聽起來，不就和欲望失衡長出欲線的情況沒……」

一刻猛然凝縮了瞳孔。

「……兩樣嗎？」柯維安像是被異物哽住了聲音，片刻後才虛弱地擠出剩下的音節。

兩名神使眼中，藍髮小女孩們不再被黑氣繚繞，胸口處卻跑出了漆黑的線頭。

黑線以勢不可擋的生長速度，眨眼超過了霜鏡她們的腰間，要不了幾秒即可碰觸到地面。

「一刻，怎麼了？」堯天不是沒發覺一刻他們的不對勁，只是在他看來，霜鏡和雪鏡的身上並未出現其他變化。他不解地又看看那兩名孩童外貌的鏡妖，緊接著一個答案突地在腦海中閃現。

一刻他們看得到，而自己看不到的……

欲線！

「難不成!?」堯天變了臉色。

「就是那個難不成……快退！」一刻厲聲大吼。

同一時間，黑線已暴長觸地，兩名藍髮小女孩身下黑影翻湧。

下一秒，黑影從地底下衝竄出來，像隻被釣起的龐大黑魚，一個轉頭擺尾，便是旋身再往下。

霜鏡和雪鏡仰高頭，恢復情感的藍眸恐懼地瞠大，眸底落下的陰影越來越大——

終至將她們一舉吞噬。

第十章

那是在瞬間發生的事。

黑影吞噬了霜鏡和雪鏡，立即產生劇烈爆炸，強勁的氣流朝著四面八方彈撞出去。

即使事先做了準備，爆炸威力仍是比一刻他們預期的還要強，數道人影頓時被大力吹飛。

好在眾人身手靈敏，皆迅速反應過來，穩穩落了地——除了柯維安。

以遊戲來比喻，血條差不多要見底的柯維安連自保都有問題。要不是一刻眼疾手快地拉了他一把，估計他現在就不是撲跌在地上，而是連滾好幾圈，一路滾到下坡底了。

柯維安氣喘吁吁地抬起頭，「謝謝了，小白……請務必接受我的飛吻作爲感謝！」

「如果你那麼想要老子把你踹下去的話。」一刻回予一記陰森森的笑容。

「說說也不行嗎？」柯維安哀怨地趴回地面。他如今全身痠痛，像被人狠狠揍過一輪，「甜心啊，待會還是先拜託你把我丟到安全的地方了。」

就算當不成戰鬥力，但不扯後腿這事，柯維安自認還是能做到的。

一刻也沒多說什麼，注意力全集中在前方漸漸散去的漆黑煙氣上。

爆炸的中心點終於清晰地暴露出來。

霜鏡和雪鏡的身影已不復見。

佇立在那個焦黑地帶的，赫然只剩一人。

「融合了。」喜鵲見多識廣，更遑論當年她自己也曾被瘴呑噬過，一眼就能判斷出現在的情況。

「恐怕是的。」堯天輕輕頷首。他也是被瘴寄附過的人，對於視野中只存一人並沒有感到太大的驚異。

出現在一刻他們眼前的，是一抹超乎常人身高的高挑人影。

海藍色的雙馬尾垂曳至腳邊，嘴唇和眼角仍是刷上淡淡的淺藍，然而暴露在外的肌膚皆覆上滲染腥紅的結晶體。兩隻畸形的手臂長度過膝，手腕以下是巨大的深黑利爪。從裙襬邊垂綴下來的布條色彩透著詭異，從淺藍轉爲深藍，最末端則像是吸收了大量血漬的深暗。

「我說那條裙子……」柯維安小小聲地發表意見，「不覺得很像觸手系嗎？就是下一瞬間所有帶子都會變成觸……」

「手」字還留在柯維安的舌尖上，他卻吐不出來了。

藍色人影微晃動一下，隨後緊閉的眼霍然睜開，流淌出一片不祥濃郁的血紅色。

接著，那些垂綴在裙面外側的布條頓如活物般猛然暴起，像是成群狂蛇般襲咬向周遭敵人。

「柯維安，你他媽的爲什麼老要插旗！」一刻黑了臉，一手抄起柯維安便急急閃避。

「嗚啊啊啊！我不知道啊！我明明只是隨口說說的！」柯維安大喊冤枉，「我哪知這樣也能說中？總不可能連頭髮也可以變成觸——！」

柯維安瞬間卡殼了，他無比希望自己只是眼花，才會瞧見少女的髮絲在顫動。

可惜不是。

「我操！你還是閉嘴吧！」一刻臉色鐵青地怒吼。他一手扛著柯維安，一手緊握著白針，攔阻下伸竄而來的觸手。

如同海蛇的觸手冷不防撕裂末端，變異成一張充滿利齒的嘴巴，張嘴就要惡狠狠咬上一刻手腕。

從那咬闔力道來看，見血見骨只怕還算輕微，就怕會連著整截手腕一併咬斷。

一刻可從來沒打算把自己的手，送給一隻癢的其中一條觸手。

凶氣在白髮男孩眼內流竄，他扯開獰猛的笑容，白針不客氣地直直戳進了觸手深色的口腔內，再猛地一挑。

柯維安覺得自己似乎都聽見那條觸手的慘叫了。

「小白白白，你帥氣得我都想為你尖叫了！」柯維安笑嘻嘻地說道。

「幹喔！求你不要！」一刻手一抖，差點將柯維安丟了下去。

相較於一刻還得顧著柯維安，一開始有些束手束腳，喜鵲和堯天卻沒有絲毫顧忌。

細辮子少女揚起冷笑，手中平空浮現一根黑羽，轉瞬又成了一柄細長利劍。

金褐髮色的青年抽出繫掛腰側的唐刀，刀身飛快纏繞緋紅焰火。

凡是攻擊向這兩人的觸手，不是被削成片片，就是被烈火焚燒。

一刻很快也掌控了節奏，俐落地斬斷幾隻死纏不放的觸手後，幾個躍退，他目光快速掃過一圈，就把柯維安往其中一處一扔。

沒做好準備的娃娃臉男孩嚇得「噭」了一聲，狼狽地滾了一圈。

柯維安甩甩有些發昏的腦袋，只聽見一刻拋下一句「顧好自己」，便看到那抹白髮人影頭也不回地重奔戰圈內。

柯維安沒辦法打怪，不過畫個結界的力氣多少還是有。簡單地在四周畫了一個金黃墨圈，他抱著毛筆往後縮了縮，聚精會神地緊盯前方的爭戰。

「不能原諒、不能原諒……」藍髮紅眼的少女沒有張嘴，可憤怒的聲音依舊從她體內深處傳透出來。

卻又不是屬於少女的聲音。

有高有低。

有男有女。

有尖細、有粗厲。

「人生贏家哪裡會明白我們的痛苦！」

「你們根本不知道買不到限量商品的懊惱！」

「你們根本不知道身爲狐狸卻對毛髮過敏的無助！」

「你們根本不知道一直抽不到ＳＳＲ卡的悲傷！」

「你們根本不知道每天都在掙扎課金與不課金的徬徨！」

聽著那些怨念滿滿的吶喊，一刻嘴角抽了抽，回頭看向堯天，「喂，你們族的壓力到底是多大？」

「哎……」金褐髮色的美青年只能不好意思地摸摸鼻尖。

「所以你們這種人生贏家根本不知道啊啊啊！」層層疊疊的嘶吼猛地轉成了少女氣急敗壞的尖嚷，「通通不對！最痛苦的明明是堯天居然交了女朋友！說好要當執事，叫我們大小姐的！爲什麼要破壞我們的願望！」

「夠了！你們通通都閉嘴！」冷不防又換了一道粗嘎的聲音憤怒咆哮，彷彿是對那些喋喋不休的抱怨忍無可忍。

紅眼少女攢緊拳頭，大口大口地喘著氣，那張閉闔的嘴巴終於因爲方才的憤怒咆哮而張開了。

顯然那道粗啞、像被石礫狠狠磨過的刺耳聲音，才是這具身體的眞正掌控者。

「這是……」一刻張口結舌，他打怪打那麼久了，還是頭一回見到這種景象。

「眞像是人格分裂，然後還內訌了耶……」待在結界裡的柯維安驚奇地看著被怒意扭曲臉孔的紅眼少女。

「差不多吧。」喜鵲狀似無聊地打量自己的指甲，對著它們呵了幾口氣。那雙看起來古靈精怪的眼珠一轉，遞向瘴的視線是睥睨又嘲諷，「沒本事還吞了那麼多意識，活該丟臉丟給旁人看。」

似乎欣賞完自己的手，喜鵲正眼看向了瘴，漾起甜蜜的微笑。

「啊啦，妳眞的是瘴嗎？那可眞是我見過之中最沒用的傢伙啦。」

吐出的卻是塗上毒液的句子。

「拜託妳行行好，拿出點實力給我瞧瞧吧，不然啊……」

喜鵲踏出步伐，另一隻手不知何時也虛握著一根烏黑鳥羽。

黑色羽毛漸漸改變型態、拉長，變成了一把鋒利的長劍。

雙手提劍的細辮子少女笑得越發甜美燦爛，眼底卻是一片森寒猙獰。

「喜鵲我啊，沒辦法好好發洩怒氣，徹徹底底地把妳千刀萬剮一頓啊！」

黑翼少女的笑容明明甜美卻又滿溢狂氣，讓瘴不由自主地心生想後退一步的念頭。

但這念頭隨即被它狠狠摁住。

它是什麼？

它可是瘴。

是吞噬一切願望、希望、絕望……一切欲望的瘴啊！

紅眼少女發出不似人的狂吼，兩束長馬尾末端倏然改變形狀，絲絲縷縷的藍髮絞成如同大刀的模樣，朝向揮來的細長劍刃。

金屬和藍色大刀發出了刺耳的撞擊聲。

論蠻力還是瘴略贏一籌。

紅眼少女，或者說紅眼怪物咧出得意的笑容，宛如被鮮血染紅的不祥雙眼燃起瘋狂。

「吃吃吃，全部我都要吃掉！不管是你、你、你還是妳……」瘴歪著頭，異形似的尖爪逐一點向了一刻、堯天、柯維安還有喜鵲，「不管是神使、妖怪或是人類，擁有欲望的你們，都註定被我等吞噬殆盡的——」

發出歇斯底里的大笑後，瘴的身軀如黑藍色的旋風掠出，兩束藍髮更是再次改變外觀，末端從大刀變成大斧，凶猛地朝著一刻他們劈砍。

待在守護圈裡的柯維安揉揉眼，懷疑自己是不是產生錯覺，不然怎麼會見到瘴的身上漸漸出現了疊影……

不對，不是錯覺！

柯維安吸了一口氣，「小白小心，它要變出分身了！」

簡直像在呼應柯維安的大叫，藍髮紅眼的少女下一秒眞的分出兩抹影子。

同樣垂至腳邊的海藍色雙馬尾，同樣染著淡藍的嘴唇和眼角，同樣覆在肌膚上的暗紅結晶體。畸形的雙臂長度過膝，一雙詭譎的眼眸猩紅似血，似乎隨時會淌滲出血液。

這下子，戰場上變成三對三了。

突來的異變並沒有替一刻等人帶來驚疑，相反地，他們迅速鎖定了各自的目標，將三名瘴帶往不同方向，以免波及到彼此的戰鬥。

喜鵲細劍與黑羽交錯攻擊，既華麗又危險。

堯天的緋紅焰火伴隨著唐刀，強悍中透著一絲優雅。

一刻的攻擊最簡單粗暴，淋漓盡致地將「暴力」兩字發揮出來。

柯維安看得眼花繚亂，一下看看左邊，一下看看右邊，一下又被中間的戰況吸引過去。他恨不得自己有三雙眼睛，才不會錯過任何一幕精彩的畫面。

「對了，錄影！」柯維安忍不住爲自己的聰明喝采。他快速將筆電的攝影機鏡頭對準一方，另一邊則是架起手機對好。

能夠一口氣看見小白、堯天（左柚小姐）、喜鵲小姐的戰鬥，這可是平常求也求不來的機會啊！說什麼都要錄影留念！

既然有筆電和手機幫忙記錄，柯維安也不再強迫自己的眼珠不停歇地轉動，改聚精會神地盯著一刻不放。

他覺得看來看去，還是他家小白最帥氣。

「甜心加油啊！打爆那隻瘴！」柯維安被一刻的強悍挑起熱血，揮舞著拳頭，高聲吆喝，「加油加油！小白，你贏了我給你飛吻啊！」

「幹恁娘啊！」一刻差點腳下一滑，要不是立即穩住身勢，再彎腰閃躲，只怕他被削掉的就不單單是一縷白髮那麼簡單了，「柯維安，你他媽的是不是想要我輸啊！」

自知影響到一刻的柯維安心虛地乾笑幾聲，不敢再貿然替一刻加油打氣。

旁側變得安靜後，果然讓一刻重新專注起心神。

眼見化成觸手的裙帶和絞成武器的藍髮同時自不同方向猛烈襲來，一刻連劈出數道月牙狀的白痕，擋下觸手的進逼後，飛速轉身，提針格擋迎面落下的一柄藍色大斧。

但是擋了一柄，還有另一柄。

一刻手臂肌肉賁起，青筋一條條浮現，可以看得出來他用上了多大的力道對抗，他的雙腳甚至在地面上滑退出痕跡。

就在另一柄由髮絲擰成的大斧要橫掃過那顆白色腦袋之際，一刻手上橘紋轉瞬擴大，從左手無名指蔓延至整個手背，進而攀繞到手肘，乍看下就像皮膚上開出了奇異的植物枝蔓。

瘴紅瞳收縮，從來沒想過神紋竟然還會改變大小。

神紋面積越大，力量越大。

瘴的動作出現了瞬間的停滯。

而這一瞬，對一刻來說已經足夠。

下一剎那，藍色大斧被白針猛然爆發出的驚人力道撞退。與此同時，白髮男孩的身影也從原地消失了。

一刻就像不受重力影響，輕巧踩踏上另一柄原本欲向他襲來的大斧，寬板斧面成爲一個絕佳的踏墊。

瘴的面容浮上驚恐，紅眼瞠大，鋒銳的針尖離它的瞳孔越來越近、越來越近……

「不！」

伴隨著瘴不甘的咆哮，反射光線的大面鏡子平空閃現，擋在白針與瘴的中間。

白針扎刺上玻璃鏡，鏡面裂縫如蛛網迸綻開。

只不過等到鏡子盡數碎裂，鏡後的身影已不復見。

失去大好攻擊機會的一刻微惱地彈下舌，他迅速落地，沒想到就在這個時候，耳邊聽見柯維安慌張的大喊。

「小白，上面！」

上面！一刻一凜，立即抬頭，撞入他眼中的赫然是紅眼怪物如蜘蛛般倒掛在空無一物的上方。藍髮違反地心引力的原則沒有垂下，猩紅色的眼珠子散發著嗜血的光芒。

那畫面說有多詭異就有多詭異。

被發現蹤跡的瘴咧嘴一笑，藍色馬尾即刻絞成長矛，快狠準地朝著一刻捅下。

「幹！」一刻閃得狼狽，在地上翻滾了一圈。

藍色長矛隨後又追來。

一刻想也不想地便要躍起反擊，然而雙腿卻無法如他預想地順利拔起。

「小白！」柯維安的聲音滲入驚恐。

千鈞一髮之際，一刻偏過頭，五指迅雷不及掩耳地抓住了那支擦過他耳邊的藍色長矛，臉頰和掌心慢慢地滲出了鮮血。

而在一刻身下，竟不知何時蔓延出剔透的結晶體，不只凍住他的雙腳，就連他的小腿也一併被埋住。

「小白！」柯維安再也顧不得自己氣力已消耗得差不多，他抓著筆電，踉蹌爬出守護圈。但是當他完全脫離金墨範圍後，聽見了瘴嘶啞的笑聲落在耳畔。

「抓、到、了。」

一股戰慄竄上柯維安後背，他下意識低頭一看，急遽收縮的瞳孔倒映出剔透璀璨的結晶群。

他的雙腳也被凍住了。

倒掛在空中的瘴跳了下來，藍色髮絲收回，靜靜地垂曳在它腳邊。它緩步朝終於踏入自己陷阱的兩名獵物走去，不甘、震驚的表情讓它無比愉悅。

啊啊，要是再加上絕望扭曲就更好了……瘴舔舔嘴唇，紅眸閃過惡光。

不管怎麼說，還是濃濃的絕望最美味了。

瞧見瘴越走越近，一刻眼內戾光驟現，抓在手上的白針就要擲射出去。只是手指剛要動，就發現手臂亦無法順他的意動作。

結晶把他的雙手也覆蓋住了。

「一個、兩個。」瘴居高臨下地俯視著自己的獵物，再側過頭望向遠處，它的嘴角彎起不祥的弧度，「很快，就是三個、四個了。」

當一刻和柯維安遇險的時候，那支被擱在原地的手機，依舊忠實地將喜鵲的戰鬥畫面毫無遺漏地記錄下來。

細辮子少女拍振著背後的漆黑羽翼，敏捷地一一避閃試圖攻擊她的觸手，以及擰絞成武器外觀的藍色髮絲。

紅眼的瘴幾乎被她好整以暇的態度激怒，類似野獸的嘯吼聲不斷從喉嚨裡發出。

「啊啦，這樣可不行。」喜鵲咯咯笑道，一扭身又是躲開了面前的突擊，那雙古靈精怪的大眼睛裡是沒想過要掩飾的嘲諷，「說好的拿出實力呢？還是說，這就是妳的全部實力？那麼……」

喜鵲拉高兩端唇角，揚起一抹惡毒的笑容。

「果然是弱小得不值入眼的瘴呢。」

「閉嘴閉嘴閉嘴！」瘴粗啞地怒吼著，可一轉眼聲音竟又起了變化。

少女的聲音逸入空氣。

「怎麼會有嘴巴那麼壞的妖怪啊！簡直就像電視上的惡婆婆一樣！雪鏡妳竟然能忍受跟她同組嗎？妳也太可憐了！」

「沒錯啊，霜鏡，她眞的好壞好壞！妳沒跟她一起行動不知道，她還好凶，一直罵我！我我我……我明明就不笨的，她還說堯天是小白臉！」

「什麼？這不能原諒！堯天大人就算是小白臉也是最帥的！」

「可惡啊啊啊！我受夠了！」話聲驀然一轉，又回復到被砂礫磨過般刺耳，瘴氣急敗壞地揮舞雙臂，彷彿在毆打看不見的對象，「我怎會找上這種愚蠢又花痴的宿主！」

「你說什麼？誰花痴了！」少女尖銳的高喊再度從瘴嘴內傳出，「太沒禮貌了！」

「霜鏡說的對！我們哪裡有花痴？我們只是拜倒在堯天的美貌之下而已！醜人才不懂得欣賞我們堯天的盛世美顏！」

「等一下，雪鏡妳不能說醜啊！現在用的是我們的外表吧？」

「咦？對耶！」

「所以我說夠了！」瘴忍無可忍地奪回掌控權，怒氣滔天地大吼一聲，徹底將體內那兩抹不安分的意識壓到最底，不再讓她們有冒出的機會。

喜鵲冷眼旁觀這如同一人分飾三角的鬧劇，末了還狀似無聊地打了個呵欠。

這不把人放在眼裡的態度，讓瘴越發火冒三丈。

「不過也是個妖怪，竟然還站在神使公會那方……如此荒謬又愚蠢……」紅眼少女驟然一甩頭髮，海藍髮絲散開，頓像無數利針，密密麻麻地扎刺向喜鵲。

「別逗我笑了，喜鵲我可不站在哪一方。況且，別把我當成那種低下的東西，光想就令我全身不痛快哪。」喜鵲從容不迫地飛起，背後翅膀漲大，不時像鐮刀揮砍，帶動的氣流吹翻了髮絲的軌跡，更多的是被那鋒利如刀的黑羽削砍。

雙方之間的距離越縮越短，只要再一個手臂的長度，喜鵲的翅膀尖就能不客氣地搧上瘴的臉。

但就在這瞬間，喜鵲直覺感應到危險。她硬生生中斷攻擊，柔韌的腰肢立即向上帶，頓地一個仰身，改變了飛行的軌道。

同時也成功避開光束的貫穿。

熾白的光束不過手指般粗，卻在地面留下了比碗大的窟窿，顯見其凶猛的威力。

喜鵲迅速穩住身子，浮停在半空，抬眼掃向光束來源。

那雙墨黑的眼瞳旋即瞇細。

不知道什麼時候，空中竟懸掛著多面圓形鏡子，光束正是從鏡面中央照射下來。

假如一面鏡子能發射一道光束，那麼……

這想法剛閃過喜鵲的腦海，高空處的鏡子便開始運作了。

只見鏡面中心浮出光點，接著光芒越漸熾亮，最終就像耀眼的迷你太陽。

下一秒，蓄滿力量的光束就像雷射般一道道射出，毫不留情地要在下方那抹窈窕人影身上開出殘酷的血窟窿。

瘴的笑聲充滿興奮狂熱，它迫不及待想看見一蓬蓬血花從那可恨的鳥兒身上開綻。

即使身處險境，喜鵲臉上也沒露出一絲慌亂。相反地，噙在嘴角的笑意更加深刻。

漫天光束落下的同時，喜鵲不假思索地提高速度，巨大的漆黑羽翼隨著她在空中旋身的動作，像件蓑衣般包裹她的身軀。緊接著，那雙收攏的翅膀又猛地張開，精準萬分地從光束與光束間穿過，無數根鋒利黑羽如箭矢齊發。

啪啪啪啪啪啪——

登時只聽見清脆的裂響連綿響起。

太陽失去光輝。

不規則的碎片接二連三地自高空灑下，像是下了一場玻璃雨。

瘴的笑容凍住了，紅眼不敢置信地瞠大。

喜鵲嗤笑一聲，瞬時又像流星般從高處竄下，幾個拍翅間竟已逼至瘴的身前，潔白指間握著由黑羽變成的修長劍刃。

只要再前進一、兩寸，就能沒入瘴的體內。

劍尖確實埋進去了，還可以清晰地感受到金屬進入血肉的感覺。

但是喜鵲的嘲弄也消失了。

鑲在白瓷臉蛋上的黝黑瞳孔霍然凝縮，映入瞳底的是從劍尖處飛速蔓延的剔透晶體。

結晶擴散的速度實在太快，只不過短短幾秒，就凍封住喜鵲的手、肩、背，包括那對危險至極的黑羽翼。

「第三個。」瘴的身形崩散成黑氣之前，那道粗嘎的聲音得意地對喜鵲如此說道。

堯天看不清楚另外兩端的戰況。

這不太對勁。

雖然說為了不影響彼此，他們各自朝不同方向退開了不小距離。可照理說，也不至於捕捉不到同伴們的動靜。

從堯天的角度來看，他只能隱約瞧見模糊的人影而已，甚至連人影屬於誰都難以辨認得清。

但堯天畢竟不是普通人。

即使外表給人俊美青年的錯覺，可眞正的他是一隻四尾妖狐。

很快地，堯天穩住心神，他想到瘴的宿主是那對鏡妖姊妹。

而鏡妖對於製造結界及扭曲空間，也相當有一手。

「果然……」堯天輕吐出一口氣，「還是得速戰速決比較好。」

「小白臉的，你在自言自語什麼？」比常人還要高瘦的女性身影卻發出了粗厲如野獸的吼聲，像是惱火對方似乎不將自己放在眼裡的態度，「那麼想被我扒下你的臉皮嗎？沒有臉的人類，這鐵定很有娛樂……」

「不准！」憤怒的少女聲音轉瞬蓋過了那陣粗魯的哮吼，「堯天的臉很珍貴的！誰敢傷他，我就跟誰翻臉！」

「雪鏡說的沒錯！我們會翻臉，而且是很生氣、超級生氣的翻臉！」

「無論如何我們都會守護好堯天的美貌！就算他竟然找了個狐狸精……嗚啊啊，爲什麼是找那狐狸精當女朋友！」

「爲什麼不找我們啦！難道說未成年的不好嗎？以人類的法律來說，頂多判三年——！」

越拔越高的嗓音猛地就像被按了靜音鍵。

藍髮紅眼的少女維持著張嘴姿勢，卻不再發出聲音，那張臉孔多種表情交錯出現。丟臉、氣急敗壞、恨鐵不成鋼……最後通通匯成猙獰。

堯天還是頭一回見到瘴的表情可以豐富得像個調色盤，不過轉念再一想，估計瘴也沒想過被壓下去的宿主意識竟然能夠再冒出頭。

粗重地喘了幾口氣，瘴捏緊兩隻大爪子，狠戾的目光像刀子般戳向看見自己丟臉的年輕男子。

它沒忘記，讓宿主如此花痴的原因正是對方！

就算那兩個小鏡妖的意識在剛剛就被它狠狠地壓至最底處，很難再探出，但如果想要避免那一絲可能性，最好的辦法就是……

瘴的紅眼凶光一閃，海藍色髮絲立刻化成數根鋒利長矛，朝堯天疾射而出，裙帶化成的觸手緊追在後。

面對雙重攻擊，堯天沒有特意避閃，他將銀亮的唐刀橫舉至胸前，接著動作優雅地一揮劃。

那在瘴的眼中看來簡直就像慢動作，它不禁想要嘲笑對方的不知死活。

只不過是區區的人類，還眞以爲能夠……

瘴倏地瞠大一雙紅眼，幾乎不敢相信自己看到了什麼。

熾烈的緋紅火焰驟然像座城牆般自地面拔起，攔擋在藍色長矛和觸手之前，高燙的火舌轉眼舔舐了上去，焦黑迅速擴大佔領面積。

這逼得瘴只能立即揚起自己畸形的黑爪，將竄伸出去的髮絲和裙帶一併截斷。

猶沾著火焰的藍髮和觸手紛紛掉落在地，一下便燒成灰燼。

當火焰消逸，本來在原地的修長身影卻已不見。

瘴心裡一驚，紅眼飛快轉動，想追尋那抹失去蹤跡的人影。

下一剎那，它眼角捕捉到影子閃過，回復最初長度的髮絲馬上像毒蛇般咬了上去。

只可惜，咬到的是一片殘影。

「不要躲躲藏藏的，小蟲就該像隻小蟲被我乖乖地踩踏而死！」瘴惡毒地嘶聲說道，它身周忽地浮出多面半人高的鏡子。

光滑的鏡面晃漾出波紋，旋即竟從裡頭探出一雙雙漆黑利爪。

令人想到怪物的黑爪往外伸展，將藏在鏡裡的身軀也跟著帶了出來。

赫然是與瘴有著相同外表，恍如惡意凝結的實質存在。

藍髮紅眼的少女不約而同地仰天長嘯，尖銳的聲波帶動鏡子晃動。

鏡子越震越劇烈，緊接著竟應聲碎裂。

無數碎片濺散在空中，然後朝著同一方向急速射去。

彷彿聽見空中傳來布料被撕開的聲音，前一秒空無一物的位置，這一秒突現人影。

金褐髮青年只要再慢上那麼一秒，就會被數也數不清的碎片切割得鮮血淋漓，活像個血人。

也幸好堯天的反應速度夠敏捷，隨著唐刀被他插入地面，說時遲、那時快，一層染著淡金的光幕平空張啓，猶如最堅固的盾牌，將來自外邊的攻勢全部接下。

不消一會兒，光幕的表面便插滿銳利的碎片。

光幕內的人則是毫髮無傷。

這一幕讓所有紅眼怪物怒從中起。它們不能忍受，絕對不能忍受比它們低等的存在，居然有辦法對抗自己！

「不能只把你踩踏而死。」瘴起初像在竊竊私語，很快那些聲音放大了，變得宛如詛咒，「要扒掉你的皮、抽掉你的筋、放空你的血、啃你的骨、吃你的肉，再讓你連渣也不剩地死去！只能成爲我等體內的養分！」

「這太血腥了。」堯天眉頭微皺，像是無法苟同，「請恕我拒絕。」

「下等的存在是沒有拒絕權利的！」瘴放聲大笑。

一道道人影衝出，揚起的漆黑爪子漲得更大，似乎輕易就能將堯天的身子一把抓攢住並捏碎。

堯天手指一抬，刺入地面的唐刀立刻回到他手中。他就像沒有看見那些直衝自己而來的敵人，仍然不急不緩地主動迎上前。

每踏出一步，就有紅蓮焰火在他身下綻放。

一朵、兩朵、三朵、四朵……

那抹俊美挺拔的人影恍若從重重火焰中走出一樣，帶著漫天威壓走向了他的敵人。

瘴無法相信自己的心裡竟會閃過一絲退怯，這讓它們覺得受到了屈辱，沖天的怒火讓它們疏忽了紅火中隱隱有金影晃曳。

還沒等到瘴出手攻擊，堯天周圍的烈焰就像粗大的鞭子，猛烈地揮甩了出去。

一、二、三、四。

四名紅眼少女的軀體當場被擊得粉碎。

堯天沒有停下步伐，也像沒有瞧見那一張張臉孔上露出的驚懼。

「你不是人類……你甚至不是神使！」瘴尖銳地高喊，「你到底是什麼東西！」

堯天的回答是——

四條紅中帶金的焰鞭猝不及防地又抽打上四道畸異的身影。

啪！又是四具軀體粉碎。

只剩下猛然停住，不敢再貿然上前的唯一一名紅眼少女。

張揚的緋紅火焰瞬時收回，隱入堯天腳下，如同最溫馴的寵物。

癉控制不住全身的顫抖，那就像是再也壓抑不了從內心深處竄出的畏怕，或是——堯天前進的步伐終於停下，那如畫的眉眼第一次流露出愕然。

——興奮。

一雙深暗的利爪靜悄悄地從後搭在堯天肩上。

如果堯天回過頭，就會看見那對闇爪的手腕、手臂，以及擁有這一切的……

那些原本隨同光幕消失而散落一地的碎片，不知何時重新拼組成一面大鏡子。

此時此刻，另一名紅眼少女就這麼突然地從鏡中探出了身子，抓住了堯天。

「第四個。」癉心滿意足地看著剔透的結晶體轉眼就將金褐髮青年的半身凍封住，然後分崩離析。

一點也不在意自己和鏡中的另一個自己被那最後掙扎竄出的烈紅火焰抽甩得搖搖欲墜。

感受到自己分出的分身皆完全被抹消後，癉忍不住緊緊皺起眉頭，可很快又鬆開來。它拉開歪斜的大大笑容，猩紅如血的眼睛裡滿是由衷的愉悅。

癉看著自己身前的兩座鏡牢。

由多面鏡子交錯聳立鑄成的牢籠，將一刻和柯維安囚禁在裡頭。

接著，瘴又抬起一隻手臂，漆黑的爪尖隨意往空中一抹劃，橫亙在此處與另外兩方的詭譎距離感乍然消失。

另外兩座鏡牢彷彿縮地成寸地被送到了瘴的眼前。

「一、二、三、四……看，到頭來還不都被我抓到了嗎？」嘶啞的笑聲聽起來就像破了洞的老舊風箱。

瘴實在太得意了，它低頭看看自己的兩隻黑爪。雖然宿主花痴又愚蠢，還會不自量力地試圖干擾，不過不能否認，鏡妖的力量眞的太有用處了。

鏡牢可以映照出囚犯最不想再回想起的那段記憶，再用這段記憶不停地折磨他們的身心，直到他們被絕望徹底佔領。

那對瘴來說，才是最棒的美味。

瘴拿出不多的耐心等候著，偶爾抬頭望向天空。

多虧鏡妖早在之前就對這小世界做了手腳，外邊的人無法勘破裡面究竟發生何事。

瘴也不打算闖出，起碼在它將那四個人吞吃殆盡之前不會。

「啊啊，多麼讓人愉快。」瘴就像一個領主，得意洋洋地巡視自己的四個戰利品，尖利的黑爪子抬起，閒情逸致地一個個點數起來，「一、二、三……」

「四」準備要從舌尖滑出的瞬間，另一個聲音更快地響起。

啪哩！

聽起來是某種硬物破碎的聲音。

瘴心中一驚，忙不迭扭頭張望四周。可放眼望去，並沒有見到有誰入侵了這裡。

正當它想說服自己只是錯覺的時候，聲音再次響起，這回還放大不少。

很明顯地，是有東西在敲打的聲音。

從左手邊那座鏡牢中傳出的。

瘴幾乎不敢相信自己看到什麼，它看見光滑的鏡之牢籠漸漸迸出裂縫。一條、兩條、三條……然後終於像支撐不住似的，崩塌出一個窟窿。

瘴震驚地後退了一步。

從鏡牢內部展開的破壞行動尚未停止。

黑色硬物一角持續不斷地撞擊敲打。

很快地，瘴便目睹大片玻璃鏡被砸得碎裂，開出足以讓人自裡頭鑽爬出來的洞口。

「感謝師父送的筆電，不愧是我的小心肝……」頂著亂髮的娃娃臉男孩單手抱著筆電，有些狼狽地爬出鏡牢，一屁股坐在地上，額角還沾著汗水。

「不……不可能……」瘴喃喃地說，過度的驚異讓它第一時間忘記出手攻擊，而是像腳下生根一樣，站著不動，「你明明該被你最不願回想的記憶折磨……你明明該露出扭曲又絕望的表情……」

「呼……那時候我是挺絕望的。」柯維安抬手抹抹汗珠，整張臉皺了起來，「畢竟要再度面對那個，可不是令人開心的事。要知道，當年連續搭訕公會裡的三十名小天使，卻連碰二十九次壁，那對我來說可是妥妥的黑歷史……唯一搭訕成功的就只有戊己，那時候我絕望得心都要碎了好不好？」

「什、什麼……」瘴不太能理解柯維安口中的「小天使」是何意，應該說，現在發生的一切它都難以理解，「這太荒謬……」

「哪裡會荒謬啊？荒謬的是你居然把這手段放在小白他們身上，我覺得你在『找死』這方面真的是天才耶。雖然我是靠自己的心肝才順利出來……」柯維安抱著筆電親了一下，隨後眼帶憐憫地注視著還陷入震撼中的瘴，「我已經猜得出他們可能會看到什麼了，我打賭他們會非常、非常火大。」

彷彿要證明柯維安所言無誤，「火大」兩字方落下，就能聽見周圍驀地傳出異響。緊接著，三座鏡牢頃刻間應聲盡碎。

多面鏡子一口氣化成齏粉，就像無數星塵點點落下。

瘴知道這時候自己該拔起雙腿，但難以言喻的恐懼牢牢掌控住了它的身軀。它的紅瞳瞠大又收縮，駭然地看著那三抹讓自己感到壓迫的人影。

白髮男孩眼裡交織著凶戾與焰火，左手臂上的橙色花紋如今攀爬至肩頸位置。

細辮子少女揚著甜蜜又猙獰的笑容，敞開的黑翼如同死神的鐮刀，散發不祥。

而第三人、第三人……

瘴發出了像脖子被扼住的嘶氣聲，映入它眼內的是輝煌金焰。

被重重金焰包圍的少女頭頂狐耳，身後是四條碩大又華麗的金褐色狐尾。那纖細的美貌此刻沒有散發任何柔弱感，只覆滿了刺人的冰霜。

柯維安眼尖地注意到，那三人的手腕上都不再環繫著手鍊，這代表他們的力量不再受到壓制了。

同樣注意到這點的還有瘴。

於是紅眼怪物雙腳一軟，當場跌坐在地。

接下來的場景，柯維安幾乎不忍直視。他手摀著臉，但終究壓抑不了好奇心，從張開的指縫間偷看，邊看還邊縮起肩頭，或是不時抽了口冷氣。

那隻瘴……真的是太慘了。

先是被回復眞身的左柚一尾巴抽了出去，旋即那幾條華美的金褐色狐尾簡直像是把瘴當成球玩弄，捲了回來再抽出，再捲回，而且狐尾還附帶烈焰效果。

隨著瘴再次被捲回，還未墜地之前，早在空中等候的喜鵲大張那猶如能遮蔽天幕的黑翼，難以計數的黑羽就像一場漆黑的雨，頓時讓瘴接受了一場慘無人道的「洗禮」。

當然，這樣還沒有結束。

一刻捏緊布滿橘色神紋的拳頭，給予瘴雷霆萬鈞的一擊。

柯維安敢發誓，瘴的肚腹凹下去，肯定不是他眼花產生的錯覺。

下一秒，似乎只剩一口氣的紅眼怪物又被人猛地抓住下頷，再往下重重一砸。就在它的背撞擊地面的同時，白針也跟著貫穿它的身軀，力量威勢之驚人，從瘴身下那片凹陷出多條裂縫的地面就能看出。

瘴不甘心地瞪大眼，卻已無力回天。

猩紅的眼瞳片刻後便完全暗下，連丁點光芒也沒有。

被狐火燒得焦黑的軀體從表面開始劈啪龜裂，一片又一片黑炭般的外皮剝落，不到一會兒，躺在原地的就不再是那瘦高又畸形的身影。

而是兩名藍髮小女孩。

雪鏡和霜鏡緊閉著眼，看起來毫髮無傷，似乎只是昏迷了。

如果沒有留意到她們顫動得不尋常的眼睫毛，柯維安眞的會這麼以爲。

隨著一刻、喜鵲和左柚腳步聲的接近，柯維安可以看見兩名小鏡妖全身繃得緊緊。

被瘴入侵的宿主有時會忘記被入侵時的事，不過從雪鏡和霜鏡的反應來看，柯維安暗忖她倆估計是記得的，就是不知道記得多少。

「小白。」決定先讓兩名小女孩繼續裝死，柯維安維持癱坐的姿勢，朝一刻揮揮手，「你們還好嗎？那個鏡牢沒對你們造成什麼影響吧？」

「讓人很火大算不算？」一刻撇撇唇角，「馬的，居然讓老子再看到那個……」

「哪個哪個？」柯維安剛脫口便又覺得不妥，「雖然我應該猜得出來，不過甜心你不想說也沒關係……我的話，是看到當初連被二十九個小天使拒絕搭訕的黑暗過去。」

「誰想知道這種東西啊！而且哪裡黑暗，分明是變態吧。」一刻沒好氣地翻了白眼，「算了，也沒什麼不能說的，只是看到怠墮而已。嘖，人早就掛了，還得看到她的影像再次出現……眞夠他媽陰魂不散的。」

「果然啊……」柯維安不感意外地摸摸下巴，詢問的目光投向了左柚和喜鵲，「如果我沒猜錯，左柚小姐妳們也……」

柯維安的眼角覷見霜鏡、雪鏡不只是僵硬不動，甚至還冒出冷汗……他很快聯想到，造成如此效果的恐怕就是「左柚小姐」四個字。

「我也是……和一刻同樣。」左柚眉眼霜雪融盡，但語氣仍透出細微的低落情緒。

畢竟，那的確不是什麼愉快的回憶。

喜鵲沒理會柯維安的問題，從腦海內揮開剛才在鏡牢裡見到的怠墮身影，她瞇細眼，饒富興趣地彎起嘴角，滑出的笑意帶著明顯的不懷好意。

「沒帶腦子的小鏡妖，那麼喜歡躺在地上裝死的話，不如我乾脆讓妳們躺一輩子起不來如何？」

裝死？所以那兩個小鬼醒了⁉一刻剛訝異地轉過視線，只見前一秒還一動也不動的兩道嬌小身子，霎時如兔子般驚恐地蹦跳起來，兩雙淚汪汪的藍眼睛瞅著他們看。

先是看看一刻、喜鵲，再看看柯維安，最末是戰戰兢兢地看著左柚。

然後霜鏡和雪鏡緊緊抱在一起，驚慌失措地尖叫，「啊啊啊！真的是西山妖狐的副族長！為什麼四尾妖狐會出現在這裡？堯天呢？難道被吃掉了嗎？嗚嗚嗚不要啊！」

一刻實在不擅長面對哭哭啼啼的小孩子，他朝柯維安使了個眼色。

柯維安指指自己，再搖搖頭。

「發揮你搭訕的功力，讓她們別哭了，不然要你何用。」一刻鄙夷地低聲說。

「搭訕和安慰是兩回事啊，甜心。」柯維安委屈地說，「而且這時候只能靠左柚小姐了吧。」

「為什麼？」

「喔，很明顯霜鏡她們以爲是左柚小姐將堯天吃掉了。」

聽見這理由的一刻不禁無言。

左柚耳尖，也聽到柯維安那番故作正經的解釋。她哭笑不得地搖搖頭，朝著霜鏡、雪鏡再上前一步。

兩名小鏡妖本能地爲眼前大妖的威壓而瑟瑟發抖。

她們一點也不明白，爲什麼一醒來就變成現在這局面了。

「堯天沒事，他只是先離開了。」左柚蹲下身子，語氣放柔，「妳們知道我是誰，對吧？」

兩顆藍色的小腦袋一致地點了點。

「妳們還記得妳們被瘴入侵了嗎？」

霜鏡、雪鏡緊張地互望一眼，仍是點了頭。

左柚心裡大致有底了。從霜鏡她們的反應來看，她們還記得被入侵後的大半事情，但或許是意識中途被徹底壓制的關係，後面的發展便不知曉了。

自然也不知道堯天其實就是左柚。

左柚唇畔漾出笑，畢竟讓兩個小粉絲知道堯天的眞實身分相當麻煩，到時就不得不抹去她們的這段記憶。但是既然不用，那便是再好不過了。

瞧見眼前的金褐髮少女露出笑，讓那張美麗的面龐更添恬靜，霜鏡、雪鏡突然也不再那麼緊張無措了。

記得鏡花和水月說過，西山妖狐的副族長是受人崇拜的溫柔女神。那麼……她們說不定不會受到太嚴厲的懲罰？

如果一刻能夠知道兩名鏡妖的想法，大概只會送她們五個字。

——太傻太天眞。

可就算無法看穿霜鏡她們的內心，一刻還是能從左柚的細微變化猜出她待會的行動。他立即朝柯維安和喜鵲做了個手勢，要他們先拉開距離。

喜鵲像是已經對霜鏡她們失去興趣，瞥了一刻一眼，便自顧自地拍翅飛到一棵樹上，刷起自己的手機。

柯維安向來聽一刻的安排，況且他也嗅到某種風雨欲來前的預兆。就算四肢乏力，他還是努力地往後挪挪挪、退退退。

左柚的嗓音依然輕柔，「那麼，可以告訴我，妳們為什麼要這麼做嗎？潛入公會的活動、堅持要破壞樹洞。」

鬆懈下來的霜鏡和雪鏡沒有隱瞞，就如竹筒倒豆子一樣，一下子就把她們的目的通通說了出來。

聽完兩人的坦白，左柚仍是笑靨動人，但慢慢站起，「所以，妳們是因為從左鏡花和右水月那知道神使公會要辦活動，而優勝者可許下任何願望的消息，才冒名頂替？」

「對、對……」霜鏡和雪鏡下意識地仰高腦袋。

「然後看到地圖上標出畫×的地方，就認為那裡藏有東西，能讓妳們獲得力量？」

「對……」這次只有霜鏡呆呆地回答。

「所以妳們就是為了這種毫無根據的假設，冒險做了這些事，甚至引來瘴的入侵？」左柚笑意微斂，細聲細氣地問，「沒有完整的計畫，沒有肯定的證據，甚至就連活動也是從別人那聽來的，完全不確定會不會真的如期舉行……妳們就這樣來了，還為大家製造了這麼多麻煩？」

下一刹那——

總是給人溫柔印象的金褐髮少女竟是一條尾巴捲住了霜鏡，一隻手則拎起了雪鏡，毫不手軟地將人摁在膝蓋上，啪啪啪地狠狠抽了對方一頓屁股，抽完一個再換另一個。

打得兩名小鏡妖哭得稀里嘩啦，求饒聲連連。

在接二連三的響亮拍打聲中，還能聽見左柚那柔軟但又透著嚴厲的嗓音訓斥著：

「沒有根據的小道消息就不要相信。」

「嚴謹的計畫是很重要的。」

「在做計畫前則要搜集足夠的線索。」

「什麼都沒想好就貿貿然行動，這是最笨的行為。」

還能聽見小鏡妖邊抽噎，邊大聲地喊著「是」。

一刻忍不住抹把臉，感到哭笑不得。左柚這些訓話聽起來就像恨鐵不成鋼似的，這是在教人下次做壞事要有萬全準備嗎？

旁邊的柯維安還看得津津有味，一刻瞄了一眼樹上的喜鵲，發現對方抱著手機，滿臉甜蜜的笑容。

能夠讓那名細辮子少女展露這種表情的，就只有織女了。

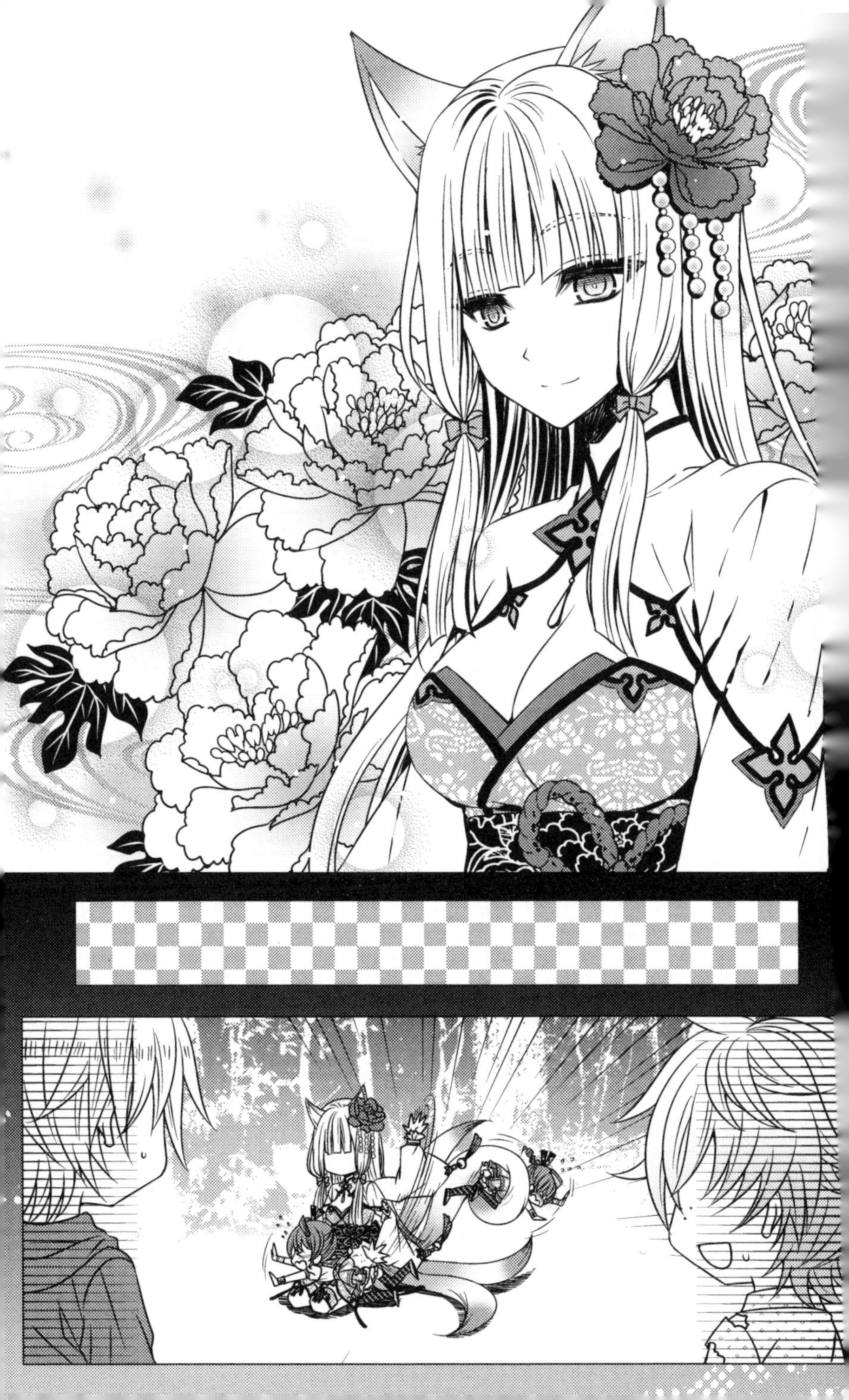

一刻腦中靈光一閃，迅速掏出手機，嘗試性地撥打出電話。

鈴聲響起，很快便被接通。

「一刻，你找妾身什麼事？妾身正忙著跟喜鵲聊LINE耶。」小女孩清脆的聲音清晰地傳了出來。

「靠，我就知道喜鵲鐵定是聯絡上妳了。」一刻抓著手機，往另一邊走了幾步，「所以妳現在是一邊和喜鵲聊LINE，一邊和我講電話？不對，等等，所以到底是什麼時候屏蔽就被取消了？」

「問題太多的男人是會被女孩子討厭的唷。」稚嫩的童音老氣橫秋地數落著，「不過你是妾身的孩子，就算缺點一大堆，身爲娘親，還是會用愛包容一切的。」

「包你老木啊！你他媽才缺點一大堆！」一刻發出磨牙的聲音，「別廢話了，快交代，不然回去揍妳屁股。」

「沒禮貌！淑女的屁屁是你能碰的嗎？」織女氣呼呼地嚷著，「一刻你變了，你以前很乖、很聽妾身話的！」

「那妳絕對是在作白日夢。」一刻冷酷無情地潑冷水，「現在，說出來。」

一刻想要的答案的確被說出來了，但不是織女說的。

「哈囉，電話換人啦。」范相思笑嘻嘻地說道：「織女大人表示她被兒子狠狠地傷害了，爲了安慰自己受創的心靈，她決定抱著桶裝布丁，到旁邊用筆電和喜鵲繼續聊天，不要再理她無情無義的兒子。哈哈，指的就是你唷，宮一刻。」

一刻感覺自己的拳頭發癢，訴說著回去後想打織女一頓屁股的欲望。

「本姑娘來回答你的疑問吧。放心，不收錢的，畢竟是爲織女大人服務嘛。首先，屏蔽確實是取消了，小鏡妖好像認爲她的結界是銅牆鐵壁吧，但其實中途就被我們這裡給拆解了呢。」

一刻捏緊手機，范相思透露出的訊息量有點大。

她說了「鏡妖」，換句話說……

「我操！你們他媽的都知道我們這裡發生了什麼事!?」一刻壓低音量，不敢置信地質疑著。

「假使你問的是冒充左鏡花和右水月的霜鏡、雪鏡，那麼是的，我們知道。」范相思氣定神閒地回話。

明明透過手機無法看見另一端，可她就是能精準截在一刻勃然大怒之前再次開口。

「冷靜點，小朋友。我們當然不是一開始就知道，老大可不會喜歡放任小老鼠混進他舉辦的活動裡。是左鏡花、右水月打電話給惠先生，我們才知道出了這麼一個問題。我知道你要問什麼，是的，惠先生很不幸地因爲閃到腰先出局了，眞是遺憾哪。」

若范相思語氣沒這麼輕快，一刻大概會相信她的「遺憾」有百分之四十是眞心的。

「好吧，既然你們是半途才知情，爲什麼……」

「爲什麼不立刻出手嗎？在回答你之前，宮一刻，你先回答我的問題吧。你想聽假話還是眞心話？噢，假話當然是非常官方版的那種。」

「那他×的就別問我啊！」一刻額角青筋直跳，「眞心話該不會是這靠杯的很有趣，反正也不會出啥問題，就乾脆放著不管了？」

手機另一端保持安靜。

「……幹，還眞的是啊！」一刻咬牙切齒，「這是織女那丫頭的主意，還是胡十炎的主意？」

「本姑娘得說，有些事就別去強求答案了。」

很好，看樣子是兩個人都有份。一刻恨恨地在心中記下這筆帳。

「換個方向想，後半段有我們全程監控，隨時做好出手準備，怎會讓你們出事呢？再怎麼說，你和柯維安也是替我做牛做馬的……抱歉，說錯了，是我重要的下屬。」

「夠了，用不著再解釋了。」一刻黑了臉，「跟織女說老子要掛電話了。」

「行。織女大人，妳兒子說要掛電話了，還有什麼事要跟他說的嗎？」

透過手機，一刻可以聽見范相思的叫喊，以及織女扯高喉嚨的回話。

「告訴一刻，妾身剛剛是抱著愛與關懷在看他打怪，那是很累人的。所以等他回來後，要買三盒布丁、三盒巧克力、三盒小蛋糕作爲回報！」

「……我、謝、謝、她、啊。」一刻磨著牙地擠出話，毫不拖泥帶水地切斷通話。布丁、巧克力、小蛋糕？別傻了，織女那丫頭就等著收到紅蘿蔔、苦瓜和青椒吧！

冷酷地將小孩子最討厭的三樣蔬菜放入購買計畫，一刻大步走回柯維安旁，卻瞧見先前還看得津津有味的娃娃臉男孩，此時露出了「我是誰」、「我在哪」的發懵表情。

左柚已經結束了打屁股的體罰，現在正板著臉，繼續對乖乖跪坐在她面前的霜鏡、雪鏡訓話。

看著兩名淚汪汪，卻掩不住滿臉激動之情的藍髮小女孩，柯維安真的覺得這世界實在太不科學了。

爲什麼被抽了一頓屁股後……霜鏡和雪鏡居然將出手的左柚視作女神般崇拜!?

醒醒啊，小天使們！左柚小姐的戰鬥力妳們不是親眼見到了嗎？不要眼冒愛心成爲她的迷妹啊！

聽不見柯維安內心大叫的霜鏡和雪鏡依舊摀著紅腫的屁股，圍著左柚不放，眼睛裡都冒星星了。

見狀，柯維安將一刻拉近，嚴肅無比地朝對方咬起耳朵。

「小白啊。」

「啥事？」

「你說要是我也打霜鏡和雪鏡的屁股，她們也會用那種星星眼，像看男神一樣地看著我嗎？」

一刻將柯維安稍稍推開，面無表情並且殘酷地告訴他眞相。

「別傻了，人家只會打一一〇，找警察叔叔來帶走你這個變態。」

尾聲

「……欸？等等，所以到底是誰贏了這活動？」

「打倒最多敵人的是灰幻大人，他是自己一組的。我告訴你們，眞是嚇死人了，灰幻大人竟然把他待的小世界徹底走遍，一個角落也沒落下。」

「然後？」

「然後他把小世界的所有敵人都揪出來痛揍一番啊，一個也沒放過！」

「哇喔……」

「那最快的又是誰啊？」

「這個我也知道！是甲乙他們的堂姊還表姊的，我記得是叫……叫申酉，跟她的未婚夫一塊參加的！那個未婚夫聽說力量也很嚇人，咻咻咻地就和申酉一起通過試煉！」

「哇喔！」

「不曉得勝利者會向老大許什麼願望呢？灰幻大人的肯定都跟相思大人有關，申酉他們的你們猜得出來嗎？」

「不知道啊，我們又不太認識他們倆……啊，戊己！戊己過來一下！」

「喵，什麼事？」

「有一個叫申酉的貓妖是妳姊姊吧？妳知道她喜歡什麼嗎？」

「申酉姊姊嗎？她之前喜歡找對象，現在的話……喵喵喵，我想起來了，她現在喜歡看人穿女僕裝。她還曾經說過，她最大的夢想就是看公會的大家都穿女僕裝呢喵！」

小白貓開心地甩甩尾巴，很高興自己能回答問題。

得到答案的一票男性公會人員們卻是臉都綠了。

看公會的大家都穿女僕裝？

……媽啊！他們接下來請假不來上班可以嗎？誰要穿那種輕飄飄的女僕裝啊！

《愛的試煉地》完

後記

有沒有讓大家嚇一跳啊？《神使》的第二本番外～～來了！XDD

應該有不少讀者注意到，這次的標題換了，不是「神使繪卷」而是「神使劇場」。

是的，之後的神使番外都會變成這個新名字唷。

照慣例的，每次寫到番外都會是我的各種私心大爆發。像上一集的三人組僞女裝、蘿莉小語，所以本回怎麼能不再來一個私心呢？

嘿嘿嘿，我終於實現了堯天和一刻聯手打怪，還有喜鵲大展威能的夢想了！

好久沒有寫到喜鵲，讓她重新加入這個故事的時候，還忍不住有些興奮，實在是太喜歡這個角色了。

不過和當初《織女》系列中的瘋狂、不顧一切不一樣，這裡的喜鵲更加成熟，也比較不那麼憤世嫉俗。當然，熱愛織女的那顆心是不會變的。

除了令人懷念的舊角之外，新角色也是一定要的，於是就有了堯天迷妹的兩對雙胞胎，剛好美少女和蘿莉都一網打盡。

諸君，讓我們讚美夜風大的偉大！

左鏡花、右水月還有霜鏡、雪鏡眞的眞的……太萌了！根本讓我移不開視線啊！

現在我的手機和電腦桌布都被她們佔據了，每天欣賞美少女有助身心健康W

按照計畫，「神使劇場」預定會一年和你們見一次面。在這之前，我可以來好好地思考下一回要滿足我的哪個私心了XD

醉琉璃

Main Cast

Thanks for reading♥

國家圖書館出版品預行編目資料

神使劇場：愛的試煉地 / 醉琉璃 著.
——初版. ——台北市：魔豆文化出版：蓋亞文化發行，2017.05
面； 公分.（Fresh；FS134）
ISBN 978-986-94297-5-7
857.7 106007104

fresh FS134

神使劇場
愛的試煉地

作者 / 醉琉璃
插畫 / 夜風　　封面設計 / 克里斯
出版社 / 魔豆文化有限公司
地址◎ 台北市103赤峰街41巷7號1樓
電話◎（02）25585438　傳真◎（02）25585439
部落格◎ gaeabooks.pixnet.net/blog
臉書◎ www.facebook.com/Gaeabooks
電子信箱◎ gaea@gaeabooks.com.tw
投稿信箱◎ editor@gaeabooks.com.tw
郵撥帳號◎ 19769541　戶名：蓋亞文化有限公司
發行 / 蓋亞文化有限公司
法律顧問 / 宇達經貿法律事務所
總經銷 / 聯合發行股份有限公司
地址◎ 新北市新店區寶橋路二三五巷六弄六號二樓
電話◎（02）29178022　傳真◎（02）29156275
港澳地區 / 一代匯集
地址◎ 九龍旺角塘尾道64號龍駒企業大廈10樓B&D室
電話◎（852）2783-8102　傳真◎（852）2396-0050
初版一刷 / 2017年05月
定價 / 新台幣 220 元
Printed in Taiwan

ISBN / 978-986-94297-5-7

魔豆

魔豆